集英社オレンジ文庫

あいのかたち

マグナ・キヴィタス

辻村七子

JN020565

あいのかたち

マグナ・キヴィタス

CONTENTS

ジナイーダ

お気に入りのホバリング・ソファの上で、オレンサル氏は目をしばたたかせていた。元気な子犬のような孫息子が、久々に学生寮から帰宅して、修学旅行《スクール・トリップ》に出かける前に顔を見せに来たところである。海底トンネルを観に行くとのことだった。通り一遍《いっぺん》の挨拶《あいさつ》をして、いっておいでと送りだせばそれで済む。

済むはずだったのだが。

「この子はね、ジナイーダっていうんだよ！　ガレージセールですごく安かったんだ。髪の毛はキラキラで、瞳の色も緑だし、何だかいいなって思って、お小遣いで買っちゃったんだ！」

「アンドレイ」

「ごめんねおじいちゃん、今日から俺は修学旅行なんだけど」

「アンドレイ、話を」

「修学旅行にはアンドロイドは持っていけませんって先生が」

「アンディ、おじいちゃんの話を」

「あ、そろそろ時間だ。いってきます！　安全に気を付けて行ってくるから心配しないでね。留守中、ジナイーダをよろしく！」

だから話を聞きなさい、という一言すら伝えられないまま、アンドレイは突風のようにレジデンスを飛び出していった。ほぼ草木のなくなった前庭に、はっきりと浮かんだ大理石のタイルを、一つ飛ばしにスキップしてゆく。門の外には友人と思《おぼ》しき相手が待ち構えていて、二人はお互いの背中を叩き合いながら、リニア駅の方向へ駆けていった。一度も振り向かず、晴れやかな顔で。

オレンサル氏はソファに腰かけたまま、ため息をついた。ソファは卵の殻《から》のように湾《わん》曲《きょく》した背もたれつきの一人がけで、電力と磁力《じりょく》によって、床から数センチ浮いた状態で移動する。第二の肉体のようなものだった。筋肉マッサージ機能がついているため、立ち上がるのは就寝時のみでも体に負担はかからない。

豊かな髪と、中肉中背《ちゅうにくちゅうぜい》の肉体を維持しているとはいえ、オレンサル氏は七十歳だった。生命倫理《りんり》に縛《しば》られ老化の研究が制限されていた世代であれば、四十代程度にしか見えないであろう外見とはいえ、現代平均寿命《じゅみょう》においても折り返しの地点である。それなりに肉体のガタを自覚する年齢ではあった。

クリーム色のガウンの襟《えり》を直しながら、オレンサル氏はしらじらと、足元のそれを見やった。

肩まであるウェーブする髪に、見開かれたままの鮮やかなグリーンの瞳。巨大な乳房と臀部《でんぶ》。超ミニ丈の黒いドレス。

肉感的な女性型アンドロイドが、座り込んで虚空を仰《あお》いでいた。

剝《む》き出しの足裏には、識別番号と思しきナンバーを削り落とした形跡が残っている。中古品であるようだった。

園芸を趣味とする七十歳の男性の好みに適しているとは、とても考えられない品物だったし、もちろん九歳の孫の趣味とも合致しない。しないと思いたかった。

しばらく呆然《ぼうぜん》と考えたあと、オレンサル氏は家事全般をつかさどるＡＩ、通称『家妖精』にオーダーし、袖《そで》を通さなくなって久しい、自分のシャツと上着を持ってこさせた。内側に縫《ぬ》い込まれたアジャスター・ボタンにタッチすると、男性物の上着は、何とか女性の体形にフィットした。

「起きているかね。これを着ていなさい。私の言葉がわかるか」

「……」

アンドロイドはもだもだとシャツのボタンをはめ、ジャケットに袖を通したが、それ以上は何も言わず、視線は虚空を見つめたままである。非生産的だったが、オレンサル氏は気にしないことにし、ソファに座ったまま言葉を続けた。

「私はオレンサル。オレンサル・ライトショー元開発産業省副大臣だ。君は、アンドロイドなのだろう。何か喋《しゃべ》ったらどうだ。どこからやってきた。アンドロイドというのは、ボディの仕様やら、得意技やらと尋《たず》ねもしないのに語って、ご機嫌うかがいまでする機械人形ではないのか」

「…………」

「無視か。まあ仕方ない。私はこの自治州で暮らす人間としてはローテクの老骨だからな。君たち『新しい隣人』のことはよく知らない。しかし君は、私の孫といつどこで出会った？　いや違うか。彼はどこで君を購入したのだ？　私はこれから重要物を受け取らなければならないのでね、君には構っていられない」

アンドロイドはぽかんとしたまま応じなかった。視界を確認するため、オレンサル氏はアンドロイドの前で手を振ってみせたが、三往復目ではっしと手を摑《つか》まれ後ずさりした。

長すぎるほど長い下まつげをもつアンドロイドは、唐突に真夏の太陽のような笑顔を浮かべ、オレンサル氏の手を激しく上下に振った。

「ハイ！　ジナイーダです。よろしくデスネ。ハイ！　よろしくネ」

「やめろ。揺らすな。ええい、忌々《いまいま》しい機械め」

「ハイ！　よろしくネ！　ハイ！」

「きゃんきゃんわめくな。ほとんど壊れているじゃないか。まったく、掃除《そうじ》の邪魔になりそうなオブジェだ」

「掃除……？　ハイ！　命令を理解しました！　掃除スルネ！　掃除！　ジナイーダ掃除得意ヨ！」

「別にそんなことは頼んでおらん！　掃除などするな！　理解したか」

「……なら、ジナイーダ何スル？」

「何もするな」

　時々奇妙に裏返る声の持ち主は、しゅんとうなだれたかと思うと、再びノータイムで虚空を見つめる人形に戻った。ひょっとするとエネルギー不足なのかもしれないと、オレンサル氏は人形の顔に手をやり、おずおずと下まぶたを引っ張ったり、襟首や足の裏などを確認してみたが、わかりやすい『エネルギー切れ』のサインはどこにも見当たらなかった。他にも確かめるべき場所があるのかもしれなかったが、オレンサル氏はハイテク製品の情報に疎《うと》かった。

あまりにも人間そっくりの品物が、死んだようにぐったりとしている光景に、オレンサル氏は背筋に粟立《あわだ》つものを感じたが、おびえている自分自身に気づくと、微《かす》かに吐息を漏《も》らして笑った。

「…………やれやれ。今更にも程がある」

オレンサル氏は家妖精に命じて孫息子の携帯端末にコールをかけさせた。いつものように軽快な男の子の声が応答する。

『はあいもしもし！　アンディです』

「やあ。おじいちゃんだよ。今どこだね。お前のアンドロイドの話なのだが」

『残念ながら、現在アンディに即時連絡可能な端末はありませーん。緊急のご用件のある方は、おじいちゃんにご連絡いただくか』

「私の私用回線を勝手に開示するんじゃない！」

『なーんちゃって。ご用件はこのＡＩにお言付けください。ちなみにこの音声は利用者の再現音声で、お言付けは本人のデバイスにテキスト・メールとして』

オレンサル氏は回線を打ち切った。行動の指針は相変わらず立ちそうになかった。孫が預けていった品物を勝手に捨てた場合のリアクションまで予想できるほど、人間としての付き合いがある相手でもない。子どもというのは学校に所属している生き物だった。

百年ほど前、オレンサル氏の祖父の世代が現役《げんえき》であったころ、地球規模の災害の連続に見舞われた世界は、ヒトという生物の科学的なバージョンアップを許容し、老いや病や食糧難との戦いに一矢《いっし》を報いていた。オレンサル氏の住む合衆国は、一度ぐちゃぐちゃにされた世界の中でも、有数の科学技術を誇る技術立国の国家、あるいは世界に取り残された科学者たちを根こそぎ集めてきた最後の箱庭である。『役に立つなら何でもあり』の合衆国の中でも最右翼のテクノロジーの庭となりつつある離れ小島、キヴィタス自治州こそが、オレンサル氏と孫の住まう天地であった。

アンディの憧れる海底トンネルによって本土と繋《つな》がる自治州は、広大な面積を維持しつつ上方向へと伸び続けており、人は老いを忘れ、飢《う》えを忘れ、産科研究所の胎盤《たいばん》ボトルから生まれた。そして昨今では不足しがちな労働力を賄《まかな》うため、アンドロイドなどという人間の隣人まで発明される始末である。

アンドロイド――人間のようなもの。

ヒトの脳、微細なシナプスの一つ一つを精巧に、大胆《だいたん》に機械化したＡＩは、哀《かな》しみや苦しみを理解し、人に寄り添う能力に優れていた。あまりにも優れすぎていた。もの言わぬロボットに慣れたオレンサル氏の世代には、なかなか馴染《なじ》めない生き人形である。機械というのは床を這《は》う黒い掃除機であったり、温度調整をしてくれるエアコンであったり、そういうもので十分だというのが、オレンサル氏の偽《いつわ》らざる思いであった。

何より不気味である。

外見的にはほとんど人間だが、中身は純正の機械である。エネルギーを補給しては動き、なくなったら倒れ、また補給すれば動き始める。

手元に置いておきたいとは、冗談でも思えなかった。

こんな考え方はアンディにとっては古臭すぎるに違いないと、何度目かのため息をつきかけた頃合いに、ディンドンと玄関ベルが鳴った。顔を上げるまでもなく、目の前に家の外の様子が投影された。アンディが帰ってきた、わけではなかった。お届け物である。ドローンに宙づりにされた白い箱には《オレンサル・ライトショー氏にお届け物です》というメッセージが表示されていた。

「家妖精、開けてくれ」

『かしこまりました』

扉が開き、本人確認を瞳孔《どうこう》ですませると、ドローンはしずしずと箱を床におろして飛び去っていった。白い箱はオレンサル氏のソファ同様、地面からは浮かんでおり、自律的に動いた。通信販売の梱包《こんぽう》でお馴染みの仕様である。

箱は、大きかった。

ソファに腰かけたままのオレンサル氏が、そのまますっぽりおさまってしまいそうなサイズである。縦長の真っ白な箱には『市民健康省』という役所の名前が入っていた。

オレンサル氏はしばし、真っ白な箱と無言で向かい合ったが、はたと気づいてあたりを見回した。箱が置かれている場所には、ついさっきまで壊れかけのアンドロイドが鎮座《ちんざ》していたはずであったのに、忽然《こつぜん》と消え失せている。名前は思い出せなかった。

「……おい、アンドロイド。アンドロイド！　どこへ行った」

呼んでも出てくる気配はなかった。荷物の受け取りの邪魔になると判断し、家の奥のどこかに隠れているらしい。家妖精に尋ねれば居場所はすぐにわかるはずだったが、オレンサル氏は無視することにした。孫が持ち込んできたとはいえ、素性《すじょう》の知れないアンドロイドである。今この局面で気にすることとも思われない。白い梱包材の表面には、灰色の文字が浮かび上がってきた。

《置く場所を指定してください（自動追尾も可）》

「……居間のほうへ、いや、サンルームへ運んでくれ。ついてこい」

オレンサル氏の声は、オレンジ色の波形になって梱包材の上に表示され、灰色の文字は《承知いたしました》に変化した。家妖精も主《あるじ》の声を聞いていたらしく、するするという壁の動く音が聞こえてくる。

居間の奥にある、自動扉の前でしばらく待っていると、カチリという音と共に扉が開いた。『サンルーム』が居間の横まで下りてきたのである。ダイニング、読書室など、オレンサル氏の邸宅には九つの部屋があったが、家妖精がマルチタスクで組み換えに難儀でもしない限り、いずれの部屋への移動も、五秒もあれば事足りた。

「……ものが多いので、気を付けて入ってくれ。触れて動かさないように」

箱は応《こた》えず、音もなく動いた。

居間とは比べ物にならないほど光に溢《あふ》れた空間は、植物のための部屋だった。南国の植物から北国の苔《こけ》まで、オレンサル氏の美意識のまま集められた盆栽《ぼんさい》たちが、白磁《はくじ》に青色で絵付けされた鉢植《はちう》えの中で、それぞれの分を守りながら緑を輝かせている。花は一つもなく、濃度の違う緑が繁茂《はんも》していた。極楽鳥《ごくらくちょう》の尾のように長いドラセナの葉。クラシックなクロマツやネズの針葉。水気に満ちたアロエの葉。床は白く、広く、植物の他には何も置かれていなかった。

すりガラスの天井からは、太陽光に限りなく近い電灯が、穏やかな光を投げかけている。

オレンサル氏は空きスペースに箱を導いた。

「ここだ。ここでいい」

一度決めると動かせません、という警告文をいらいらと追い払って、オレンサル氏は確定ボタンを押した。箱はしゅるしゅると音をたてて空気を吐き出し、オレンサル氏の前で姿を変えていった。品物が箱と一体化した仕様である。なるほど最近のリサイクルブームからすれば、このほうが理にかなっているなと、梱包と中身の区別のない品を、オレンサル氏はしらじらと眺めた。

床の上に現れたのは、ソファだった。

椅子《いす》というよりベッドに近い角度の、寝椅子である。

白色の一人がけであった。

オレンサル氏が座っている稼働椅子同様、頭部と足部を繭《まゆ》のようなカバーが覆《おお》っている。それ以外に無粋な付属品はない。身を横たえる時、うっかりはみ出さないようにという心遣いのようだった。気の利いたゆりかごだと、オレンサル氏はひとりごちた。

頭部カバーに手をやり、動かないことは承知で揺さぶってみると、椅子はホログラムの文章を、傍《そば》にいる人間の目玉のすぐ近くに出力した。その他多数の高性能な機械同様、このソファもまた、見たくないから見ないという自由は留保してくれなかった。

《親愛なるオレンサル・ライトショーさま》

《市民健康省提供、リサイクル・ソファをご利用いただき誠にありがとうございます》

《本品は高度保健医療適用範囲外の品です。誤用の際の責任は負いかねます。誤配の際、

不要の際には回収いたしますので速やかにご連絡ください》
《本製品の利用に伴《ともな》い、利用者は包括《ほうかつ》的リサイクル条約（自治州法第三十四条第三項）に全面的に同意したものとされます。最新の条文の確認はお済みですか？　また産科研究所における――》
読ませようという気がほとんど感じられないフォントサイズの条文を、オレンサル氏は見もせずに下までスクロールし、同意ボタンに右手人差し指の指紋を押しつけた。承知しました、というメッセージを、ありがとうございましたにしなかったところに、オレンサル氏は一抹《いちまつ》の良心を感じた。
座る前にトイレに行っておいたほうがいいのだろうか、いやそういう注意書きはなかったなと思っているうち、条文は消え、注意事項がほわほわと浮き出した。先ほどまでよりも随分《ずいぶん》、角のない、ほのぼのとしたフォントだった。
《準備はお済みですか？》
《あたたかいお茶などは、いかがですか》
《お気に入りの画像を眺めるのはいかがでしょう》
こんな時まで機械的な心づくしが表示されるのにはうんざりだったが、お気に入りの画像という言葉が、オレンサル氏が忘却の彼方《かなた》に追いやって久しいものを思い出させた。本である。一冊だけ、どうしても処分できなかった本が、この屋敷には存在した。

布張りの表紙。中身の少ない本文。

咲き乱れる紫の花。

晴れ着姿の男、女。

微笑《ほほえ》みの面影《おもかげ》。

家妖精に言いつけて、本を持ってこさせるか否《いな》か、一瞬迷い、オレンサル氏は笑い飛ばした。耐えがたいものに決着をつけようとしている時に、わざわざ何かを長引かせるようなことをする必要があるとは思えなかった。

「いや、必要ない。結構だ」

愛想笑いでも浮かべるような間のあと、ホログラムは新たなメッセージを出力した。

《ご気分は、いかがですか？》

「……ああ、いいとも。お前はそう言ってほしいんだろう。とてもいい。ところで、トイレには行っておくべきなのか」

椅子に組み込まれたＡＩは、コンマ数秒、質問の意味が理解できなかったようだったが、わずかなラグのあと、お好きなようにという鷹揚《おうよう》な返事を残した。なるほどよく考えればそんなことは問題にもならないかと、オレンサル氏は苦笑し、ホバリング・ソファから寝椅子へと乗り移ろうとした、その時。

屋敷のどこからか、派手な衝撃音が聞こえてきた。

質量のある何かが、床に倒れ込み、どすんと震える音だった。

非常事態を告げるアラームは鳴らない。オレンサル氏はいらいらと家妖精を呼んだ。

「どうした。何事だ」

『室内にある衣装棚が、横倒しになっています』

「どこの衣装棚だ。何故《なぜ》倒れた」

『リラさまのお部屋の衣装棚です。該当《がいとう》区域にアンドロイドの存在を感知』

「なんだと」

オレンサル氏はホバリング・ソファに体を戻し、サンルームのドアを開け放った。既《すで》に部屋の配置は、家屋の耐久性能面でもっとも無難なデフォルト配置に移動していたため、数分前まで一階の居間に続いていた扉が二階の廊下《ろうか》に繋がっている。家妖精の指摘した部屋は、廊下を曲がってすぐの突き当たりであった。ソファで急げばものの数秒である。

廊下を曲がると、突き当たりの扉は開け放たれていた。幼い子どもの筆跡で『リラの部屋』と書かれた木製のルームボードが、扉から外れて廊下に転がっている。

広い子ども部屋の中に、ジャケットとシャツを着たアンドロイドが、うつぶせになって倒れていた。倒れた衣装棚の中身の、桃色のワンピースや青色のスーツが、勉強机や飾り棚の上に滑り落ちて、ノートや人形を巻き添えにして床に散らばっている。オレンサル氏は思考を停止しそうになった。ありうべからざる光景だった。

「……これは一体」

「ハイ！　ジナイーダです」

うつぶせのアンドロイドは、床に向かって元気に喋っていた。自力で起きることができないらしい。ソファから下り、跪《ひざまず》いたオレンサル氏に乱暴に仰向《あおむ》けにされ、膝《ひざ》に抱えられると、アンドロイドは晴れやかな表情をしていた。痛みも苦しみもよその星の出来事とでも言わんばかりの、不気味な喜びの顔だった。

「こんにちは。ジナイーダは掃除が得意ネ！　この部屋のお掃除するヨ」

「もう喋るな！　何もするな！　この馬鹿《ばか》機械！　機械のデク人形め！　私がどんな思いで！　この部屋をとっておいたと思っているんだ！　何かすると言うのなら、もとあったように戻せ！　全て戻さんか！」

怒りに任せて怒鳴りつけると、ジナイーダは笑顔を引きつらせ、オーオーと声をあげた。エラーを訴える音ではなく、悲しみを訴えるような声色《こわいろ》に、オレンサル氏は神経を逆なでされた。

「ごめんなさい、ジナイーダ、間違たネ、間違えました」

「『間違えました』で済むものか！　ほこりの一つまで元通りにしろ！　あの子が最後に入った時と同じように！」

「ごめんなさい。お詫《わ》びにストリップをします」

「は、はあ？　ふざけるな！　馬鹿も休み休み……おい！」

　オレンサル氏の膝の上で、ジナイーダはあまりうまく動かないと思しき手足をよじって、ジャケットを脱ぎ、シャツを脱ぎ、黒いドレスの袖からも腕を抜こうとした。しかしひっかかってしまい抜けない。もぞもぞと動く間、口からは際限なく調子っぱずれな歌が噴き出し続けた。赤ん坊が喜ぶような数え歌で、ちょうちょがいっぴき、どんぐりがふたつ、かくざとうがみっつ、あたりで途切れた。

　今度こそエネルギーが切れたように、ジナイーダは仰向けの姿勢のまま床に倒れた。後頭部をどんと床に打ちつけても、痛がる様子もなく、ただ倒れていた。

「……何だこいつは！」

　心肺機能の異常を案じるほど息を切らしながら、オレンサル氏は呆然自失のまま立ち尽くした。その間に家妖精は無用な反応をした。

『警告。アンドロイドの準機能停止状態を確認』

「…………」

『当該状態のまま中長期的に放置した場合、重篤《じゅうとく》な起動障害が発生する可能性があります。その場合は過失とされ、自治州アンドロイド管理運用ガイドラインに従って、三万クレジット以下の罰金、あるいは』

「黙れ。わかっている。少し静かにしろ」

『命令を理解しました。…………』

「…………」

『……オレンサルさま』

「黙っていろ！　忌々しい機械め！」

『命令を理解しました』

オレンサル氏は目の前にひろがる惨状《さんじょう》から一度、目を逸《そ》らし、二度見て、もう一度目を逸らしてから、三度眺めても蜃気楼《しんきろう》のように消えないことを確かめた。

「…………」

オレンサル氏は観念し、家妖精を呼び出すと、ガイドラインとやらを読み上げさせ、アンドロイドが故障した時はいずれの役所のセクションにコールをするべきかと、語順の明確なシンプルな文章で尋ねかけた。

　家妖精曰《いわ》く、どのようなアンドロイドにも——たとえ保証期間外の中古品であれ販売元が厳に禁止した違法改造を施《ほどこ》した個体であれそれ以外の問題を抱えた個体であれ——最低保障が存在するという。汎用《はんよう》アンドロイド管理運用ガイドラインなどという、動物愛護法まがいのおふれが制定された以上、歪んだ個体を保護する『福祉』施設もまた必要である。アンドロイド産業の事情には疎くても、自治州の立法にはそこそこかかわってきたオレンサル氏には、そのあたりの面倒さがある程度想像できた。

　アンドロイド管理局なる新参の役所の、最低保障関係部署は、MCと呼ばれているようだった。マルチプル・コミッショナーの略であるという。コミッショナーという権威を象徴する語に『なんでもやります《マルチプル》』が付与されるナンセンスにオレンサル氏は戸惑ったが、驚くべきことにコールすると生身の人間が応対した。AIではない。いかにも睡眠不足ふうの不機嫌な人間の声に、オレンサル氏の好感度は否応《いやおう》なしに上昇した。このご時世に機械ではなく人間が出ること自体が誠意の証《あかし》のように思われた。

　孫が家に放置していったアンドロイドが壊れた、いきなり奇行におよんだ挙句《あげく》に意識を失ってしまったと、オレンサル氏がありのままを伝えると、オペレーターと思われた男は次々に質問を投げかけ、結局オレンサル氏がほとんど何も知らないことを悟ると、それで

もわかりましたと告げた。そして、

「二時間ほど待ってください。二時間以内にうかがいます。回線で住所は特定していますので、これ以上の連絡は不要です。そのまま待っていてください。では」

一方的にそう言うと、回線は途切れた。

オレンサル氏は口を引き結び、二時間、と繰り返すと、一人首を横に振った。

「いや、二時間以内と言った。十五分で来るかもしれない。まあいい。大した手間でもない」

果たしてMCは一時間四十五分後にライトショー邸を訪れた。

ひょろりと背の高い痩《や》せぎすの男は、濃い隈《くま》を目の下に侍《はべ》らせていた。襟のないシャツとジーンズの上に、エプロン代わりと思しきよれよれの白衣をひっかけていて、およそ表情も愛想も見受けられない。生き人形でももう少し愛想があるのではと、オレンサル氏は少々、居心地の悪さを味わった。老けていても三十代程度に見受けられたが、自治州の中ではほとんど判断不可能なことである。だが古式ゆかしい政治の世界に身を浸してきたオレンサル氏は、初対面の相手の年齢がわからないと不安になった。

男は懐《ふところ》からIDカードを取り出すと、どうもと挨拶した。

「管理局のハビ・アンブロシア・ディースカウです。IDはこの通り。倒れたアンドロイドはどこに?」

「……ダイニングテーブルの上に運んだ。まだ動かない。何か必要なものは」

「全て持参していると思います。どうも」

全身3D画像つき市民パスを提示した男は、子ども一人くらいは入れそうな銀色の工具箱を伴って、オレンサル氏の邸宅に足を踏み入れた。既に家妖精のアレンジで、玄関ホールの一歩先がダイニングである。最後にこんな配置にしたのはいつだったろうと、オレンサル氏は自分自身に問いかけるふりをした。バースデーパーティの時である。思い出すまでもない記憶だった。金髪の少女が顔いっぱいに微笑みながら、巨大なケーキの置かれたダイニングテーブルめがけて、庭から駆けてくる。

オレンサル氏はめまいを覚えながら、ホバリング・ソファで男のあとに従った。

ダイニングテーブルの上に寝かされた女性型アンドロイドは、眠っているようにしか見えなかった。だがいくら揺さぶっても、まぶたを引っ張っても目覚めない。黒いミニドレスの上から、オレンサル氏はピンクのシーツをかけていた。目のやり場に困るのである。

「これは、孫が勝手に持ち込んだ品でね。来歴は全《まった》くわからん。製造工場もわからないし」

「お気になさらず。管理局が相手にするアンドロイドの九割は、製造工場も性別もわからない子たちばかりです」

「何ともはや……」

では拝見します、という男の姿を、オレンサル氏はしらじらと眺めた。管理局の何でも相談役の賃金がいくらになるのか知ったことではなかったが、これで腕前に期待を持つほうが無茶だった。

万が一、管理局のエンジニアがやってこなかった場合を想定して、オレンサル氏は有料のアンドロイド・メンテナンス・サービスも検索していたが、あまりのジャンルの多様さに、何を探せばいいのかすらわからないうちに放棄せざるを得なかった。あらゆる濃さの体毛をどんな部位にでも植えるというあやしげな広告から、故人そっくりの顔に整形しますというフェイスパーツ特化型のPR、あるいはどれほどの長話にも笑顔で頷《うなず》き、的確な相槌《あいづち》をうち続ける改造などなど。

アンドロイドなどという隣人の存在に、ロボット以上のどんな意味があるのか、オレンサル氏は考えたこともなかったが、一つ確かなことは、この産業には確かな未来があり、現在進行形でその需要を受け発展している業者が山のように存在するということだった。オレンサル氏はどこまでも伸びてゆく黒い道を想像した。己のよって立つ場所を通り過ぎて、どこまでも先へ続いていて、どこへたどり着く道なのかもわからない。そして自分は、その道の上に招かれていない。

アンドロイドを不気味だと感じることは、ひょっとしたら何かの負け惜しみなのかもしれないと自覚した時、オレンサル氏は再び、めまいに襲われた。今度のめまいは映像を伴っていた。フラッシュバックである。そういえば今朝はナノマシン薬を飲まなかったことを、オレンサル氏は思い出した。

藤《ふじ》の花。

女性の微笑み。

緑に囲まれたサンルーム。

少女の微笑み。少年の微笑み。

植物の枯れたサンルーム。

写真撮影。

白い寝椅子。

二つ並んだ寝椅子。

植物のないサンルーム。

眠れないベッド。

市民健康省への連絡。

にわか仕立ての植物を置いた、無様なサンルーム。

記憶の嵐から放り出され、我に返ったオレンサル氏は、息を乱していることを知られないよう、ダイニングから距離を置こうとしたが、既に作業にかかっている男は、オレンサル氏のことを全く気にかけていなかった。銀色の箱は、工具箱を兼ねた何らかの測定器であるらしく、アンドロイドのボディパーツと管で接続されている。男は眼前に投影されるホログラフィーのデータを、一つ一つ手際よく確認していた。

呼吸を整えたあと、オレンサル氏は若干《じやつかん》の興味を覚えた。ひょっとしたらこの男は、ただ整備したという既成事実をつくりに来たつまらない木っ端《こぱ》役人ではないのかもしれなかった。銀色の工具箱の上部が開き、補助アーム・デバイスを展開して、うつぶせになったアンドロイドをテーブルに固定した。その後、男は額に巨大なスコープを装着し、もさもさした髪を手ぐしで整えたあと、工具箱をいじり始めた。どこか盆栽の剪定《せんてい》や、植物の土づくりに似ていた。これ以上のフラッシュバックを遠ざけるために、オレンサル氏は何か別のことを考えていたかった。サンルームのことでも寝椅子のことでもない何かを。

「……どうだ。その、進捗《しんちよく》は」

「彼女の具合のことですか？　けっこうひどいですね。十年ものくらいのロットナンバーを消した形跡がありますが、それから今までメンテナンスされた形跡が一度もない。バイオロイドではなかったことが幸いしたかな」

「何なんだその、バイオというのは」

「飲み食いしたものを下から出す機能です。炭水化物をエネルギーに変換できるので『バイオ』。一緒に食事できる相手をほしがっている人には、購入前の必須チェック事項だと思いますよ……これはちょっとした骨董品《こっとうひん》だな。タフな子です」

オレンサル氏は鼻を鳴らした。機械の人形である。意図して人間が仕組みをつくってやらなければ飲食すら不可能な人形を、人間扱いしてはばからないとは、どうにも気に食わない話だった。

「十年で『骨董品』になれるとは、優雅なやつらめ。そこの壺《つぼ》に気づいたかね、大崩壊《だいほうかい》前の文明においても、骨董と言われていた品物だ。青磁《せいじ》という品でね、底面に窯《かま》の銘《めい》が」

「そうなんですね。それはすごい。ちなみに汎用アンドロイドの耐用年数は最大で十五年なんて言われていますが、大体五年くらいでどこかのパーツにガタがきますから、オーバーホールなしで十年も動いたら、生きた化石みたいなものです。ごくろうさま、ごくろうさま」

「……君は、いささか失敬な男だな」

「人間にはよく言われます。でも何故か免職にならないんです。たぶん管理局で二番目によく働く人間なので。それにしてもおかしな話です。守秘義務があるので具体的な話はできませんが、僕の何倍もの『失敬』を、人間がアンドロイドにはたらいていることを、僕は誰より知っていると思うんですが、彼らが罰せられているという話は聞きません。おわかりだと思いますが、これはただの八つ当たりなので、文句があったら管理局に投書でもなさってください。運がよければ減給くらいは食らわせられます」

「考えておこう。参考程度に聞いてやるが、月に何日こんな出動をしているのだね」

「何日？　笑えますすね。オーダーがあればいつでもどこにでもかけつけますよ。だってそういう文言がガイドラインに入っていなかったら、アンドロイドを殴ったり蹴《け》ったりするなって『アドバイス』すら、自治州政府は受け入れなかったでしょう。それに比べたら、エンジニアが一人過労死するほうがましっていうのが、うちの局長の尊《とうと》いご意見ですよ」

「可及《かきゅう》的速やかに君は転職すべきだ。管理局のMCとやらは、雁首揃《がんくびそろ》えてそんな不健康な顔をしているのではなかろうな」

「人件費もろくに出ないのに、こんなことをするもの好きが、僕の他にもいると思うんですか？　いるなら紹介してください。弱みを握って確実に捕まえます」

「……君も弱みを握られていると？」

「違います。僕は……話してもどうしようもないか。しばらく黙ります。ここから正念場なので」

呆《あき》れるほかないオレンサル氏の前で、エンジニアのハビ氏は、スコープごしにアンドロイドの内部構造に没入していた。音はしない。人間の手術同様、アンドロイドの修理にもナノマシン治療が王道になって久しかった。

人手不足を補うために生み出されたアンドロイドたちは、維持管理は二の次で乱造される商品である。修学旅行に胸をときめかせる学生でも中古品が手に入る価格で遍在《へんざい》している。直さなくてもいいものを、わざわざ直そうとするもの好きが、いまだ物の欠乏《けつぼう》に悩む本土ならばともかく、この自治州にいるとは考えにくかった。おまけにアンドロイドの改造は花盛りで、誰であれ手を出せば、それなりに儲《もう》かりそうである。専門知識の有無など、しろうとにわかるはずもないことは、オレンサル氏にも想像できた。

何故この男はこんなことをしているのかと、薄汚れた白衣の背中を眺めながら、オレンサル氏は考えずにいられなかった。

アンドロイドの女はまだ目覚めなかった。男がやってくるまでは、ただの白い人形としか思えなかったものが、生身の存在のように見えてきたことに、オレンサル氏は目を見開いた。エンジニアの男が、決して乱雑に彼女の体を扱わないためである。本物の美しい女性を相手にしているように、男の手も銀のロボット・アームも、絹《きぬ》を扱うように白い肌に触れていた。

ハイトーンの朗《ほが》らかな自己紹介の声を、オレンサル氏は不意に思い出した。

「……ジナイーダ、だったかな」

「彼女の名前ですか？　いい名前ですね。お嬢さまみたいな名前だ。頑張れ、ジナイーダ。大丈夫だからね」

歯医者の治療に耐える子どもを励ますように、男は明るい声で呼びかけていた。オレンサル氏は再びのフラッシュバックの予感を覚え、家妖精を呼びつけた。

「薬だ。いつものハーブティーもくれ」

『かしこまりました』

オレンサル氏はこめかみを苛《さいな》みながら、経口投与のカプセル薬を口に放り込み、ハーブティーで飲み下した。視界はちかちかし、めまいは止まらず、気分は最悪だった。テーブルの上の白い足首が目に入り、ひょっとしたらさっき倒れた時、ジナイーダもそんな気分だったのだろうかとオレンサル氏は思った。

「ご存じですか、アンドロイドと人間の違い」

「……そんなことをわざわざ考える必要があるのか？　こいつらは機械で、我々は人間だろう」

「それはそうなんですが、アンドロイド識別ゲートに、僕は時々引っかかるんですよ。小さい頃に爆発事故に巻き込まれまして、大脳辺縁系《だいのうへんえんけい》を含む体の中身が九十パーセント以上機械なので。情動領域識別機能を搭載《とうさい》していない旧式ゲートを通ると、『あなたは機械の可能性があります』と、よく言われます」

「何という暴論だ……」

「そうかな。今あなたと交わしている程度の会話は、最新式のアンドロイドでなくても簡単にこなしますよ。もう二世代くらい先なら、オーバーホール級のメンテナンスだってらくらくでしょう。失礼」

スコープを外した男は、引き続き己の『顔面』パーツに手をやり、人間の皮膚《ひふ》にあたる部分をぱっくりと持ち上げた。オレンサル氏は顎《あご》が落ちそうになった。めがねを外したように、『顔面』が眼球ごと浮かび上がっている。その下に広がっていたのは、肉ならぬ、銀色の内部構造だった。アンドロイドを想像させる、機械の塊《かたまり》である。

顔の上半部に、男は別のスコープを装着し、右手で軽く角度を調整すると、再びジナイーダの中身へと顔を埋めた。取り外された『顔面』パーツは、サンバイザーのように額の上に載ったままである。

精巧な血管の刻まれた、半透明の白い眼球は、無機質に天井を睨《にら》んでいた。

オレンサル氏は背筋にうそ寒いものを感じながら、おい、と低く呼びかけた。

「……君は、本当に人間なんだな？」

「哲学の命題ですか？　その質問に答えるためには、『本当の人間』の定義を誰かに教えてもらわないといけませんよ。おっ……ループを発見。よーしよしよし。これはひょっとしたら命令系統を一工程省略できるかもしれない。代替《だいたい》パーツは山ほど持ってきたので、これをオーバーホールってことにしてしまいましょう。産業部の人にめちゃくちゃ怒られそうだけどまあいいや。興奮するなあ。この子の名義人はあなたですか？　それともお孫さん？」

「知らん。勝手に持ってきて、勝手に置いていっただけだ」

「勝手に持ってこられて勝手に置いていかれたほうはいい迷惑でしょうね。登録は？」

「知らん。どうでもいい。好きにやってくれ」

「ああ、合理的ですね。あなたもこれまで見てきたMC利用者たちとそっくりだな。面倒くさいことは考えたくないからアンドロイドを働かせているのに、アンドロイドのせいで面倒に巻き込まれるなんてご免って顔だ。合理もここまでくると醜悪《しゅうあく》だな」

「いい加減にしろ！　そんなことを私に言ってどうするつもりだ！　君には私が怠惰《たいだ》を貪《むさぼ》る創造主か何かに見えるのか！」

オレンサル氏は怒鳴ったあとに我に返った。激昂《げっこう》した自分に驚き、次に赤の他人にうろたえた姿を見せたことに驚き、恥じ入った。生き馬の目を抜く老獪《ろうかい》な政治家たちの間を渡り歩いていた時には、感情を抑制する術《すべ》が誰よりも巧みである自信があったにもかかわらず。

おぞましいほどの醜態だった。

アンドロイドを人間のように扱う男は、小さく安堵《あんど》のため息を漏らしてから、スコープを外し、サングラスをもとの位置に戻すように、『顔面』パーツをあるべき場所にはめこんだ。

「さっきも言いましたが、木っ端役人の八つ当たりです。お気を悪くされたなら、申し訳ありません。投書をどうぞ。それから、彼女のほうは小康状態になりましたよ。安心してください。年代物なので、術後のセルフ・メンテナンスに必要な時間はありえないくらい長いんですが、短ければ一時間、長くても半日も経《た》てば、低電力モードが終了して目覚めるでしょう。言語野《げんごや》にも問題があるとのお話でしたが、こちらでは特にそういった問題は確認できませんでしたので、『個性』とでも思っていただければ。よろしいですか」

「……………ああ……」

男がオレンサル氏を見つめている間に、彼の補助機である銀色の腕は、アンドロイドの着衣を整え、上着を着せた。

濃い隈は、目玉の出し入れでどうしてもたるんでしまう下《した》まぶたをごまかすための化粧らしいと、オレンサル氏はうっすらと察した。知りたくもない類《たぐい》の情報だったが、多少は正気に返る手助けをしてくれた。

「……家妖精、彼にもハーブティーを。仕事終わりだ、すっとするものがいい」

『かしこまりました。レモングラスかエルダーフラワーのソーダでいかがでしょう』

「飲めるかね。他の飲み物も作れるが………どうした」

眼球を顔にしまい込んだ男は、何か信じられないものを見るような目でオレンサル氏を見ていた。立ったままきょとんとしている男に、オレンサル氏は口を引き結んだ。

「今度は何だ」

「……すみません、乱暴に扱われるのに慣れた社会の家畜なので、いきなり人間らしく扱われると死ぬほど困惑します。何か、居心地が悪いというか」

「どのような相手であれ、客人を路傍《ろぼう》の石のように扱う主など、程度が知れようというものだ。君が気を回すことではない。これは私の自負にかかわる問題だ。ソーダで構わないかね？」

「何か甘いものにしてください。頭脳労働は堪《こた》えます」

「ではエルダーフラワーのソーダが最適だ。家妖精」

かしこまりましたという返事から十数秒で、家妖精のアームは、金色の炭酸水の入った半球形のグラスを、壁の縁《ふち》から差し出した。ありがとうと言いながら受け取り、一口飲んだ男は、疲労という疲労を口から吐こうとするようなため息をついた。

「……おいしいです」

「そうかね。手作りだ。この家のサンルームでとれたものを、家妖精が調理している」

「『家妖精』はいいですね。僕も家屋管理用ＡＩをそう呼ぼうかな。エルダーフラワーなんて初めて聞く名前です。植物の栽培は、プロのバイオテクノロジストの仕事とばかり思っていました」

「私の趣味は品種改良ではない。ただ種を買ってきて、土にまいて、育てるだけだ。子どもにもできる。アンドロイドのケアほどの難事ではあるまいよ」

「そうかな。『大変さ』って、同一軸で比較できるような単純なものではないと思いますけど。もしそんなに単純なものだったら、メンテナンスで好きなように調整できるはずですよ。アンドロイドの場合でも、もちろん人間の場合でも」

「……………ずけずけものを言うやつだな」

「それもたまに言われます」

再び、微妙に剣呑《けんのん》な気配が漂い始めたダイニングに、ウーンという女の呻《うめ》き声が響いた。

昼寝の最中の鼻声のような、底抜けに気持ちよさそうな声である。オレンサル氏は噴き出しそうになったが、エンジニアは心から嬉《うれ》しそうな微笑を浮かべていた。

「これは、大丈夫です。いい兆候です。発声機能をつかさどる器官が、ＡＩの中枢《ちゅうすう》と一緒にメンテナンスを行っている証拠です。人間でいう『反射』のようなものです。よかった、順調に回復していますよ」

「……君は本当に、アンドロイドが好きなのだな」

「まあ、人間に比べれば好きですね。でも……あー、その」

さっきはすみませんでしたと、エンジニアはぼそぼそと謝罪した。オレンサル氏がアンドロイドを虐待《ぎゃくたい》したわけではないことは、データからも明らかであったのに、日々の鬱《うっ》憤《ぷん》をぶちまけるような真似は、プロとして恥ずべき行為であったと。

「局には自分で投書します。いや、投書の必要はないか。自分で記録を提出すれば、あの人が怒るのは目に見えてるし、うーん、これは減給じゃなくて鉄拳コースかな……」

「何と言ったっけな、君の名前は」

「ハビ・アンブロシアです、オレンサルさん。ああ、自治州では引退した政治家も、閣下《かっか》と呼ぶんでしたっけ」

「君は本土からの出向者なのか？　出向者が低賃金労働を？　信じがたい」

「単純にものを知らないだけです。一日のうち二十三時間くらいは機械と接しているので」

「なお信じがたい。家妖精、私にも同じものを一杯」

『かしこまりました』

壁面が開き、スノードームを逆さにしたようなグラスに入った炭酸飲料が、オレンサル氏の手に渡った。ありがとうと自然に口にしてしまったことに、オレンサル氏は戸惑った。さわやかな甘い香りを放つ飲料は、どこか子ども時代を思い出させる、棘《とげ》のない味がした。

ハビと名乗った男は、ソーダを一息に飲み干し、今度は気合の入った息を漏らした。

「ああ、久々に生きてるって気がしました。ごちそうさまです。ではそろそろ」

「わかった」

きびきびと補助アームに片付けをさせ、オレンサル氏が『MCは利用済み、二度目の処置は有料』という電子書類にサインをすると、男は白衣のすそをはたき、屋敷の外へ出て行った。見送りに出たオレンサル氏は、その時庭の中のゴミに気づいた。

市民健康省ドローンの置き土産《みやげ》で、例の椅子の屋外梱包用のビニールの切れ端が、回収ミスで庭にへばりついている。不運にも省庁名の入ったロゴ部分が残っていた。

この男は最初からこのゴミを見ていたのかと、オレンサル氏が忸怩《じくじ》たる思いを抱えていると、ハビと名乗った男は、最後に一つとばかりに家主を顧《かえり》みた。

「人間とアンドロイドを区別する、一番簡単な方法を教えてあげましょうか」

「……参考程度に聞いてやろう」

「自殺できるかどうかです」

とてもシンプルです、と男は続けた。

「自殺は、人間には選択可能ですが、アンドロイドには選択不可能なオプションです。最初から選択の余地がないんです。彼らの所有者は彼ら自身ではなく、持ち主の人間ですから、アンドロイドの損壊は器物破損で、彼らに義務づけられた倫理メンテナンスは、あからさまな犯罪行為を許可しません。もしアンドロイドが『ここではないどこかへ逃げ出したい』と思ったとしても、彼らにはそれは許されていません。それがいいか悪いかはわかりませんが、まあ、歩ける道が狭い、ということでしょうか。言うまでもない話ではありますが」

わかりやすいでしょう、と男は首をかしげた。無言で頷く以外、オレンサル氏にも選択の余地はなかった。

「……ロジカルな結論だ」

「ご理解いただけて何よりです」

「だが理解できないこともある。何故君はこんなことをしている?」

何故、金銭的にも社会的にも報われない部署で働き続けているのか。

それもどこか誇らしげに、と。

オレンサル氏の質問は、くたびれた微笑みによって報いられた。

「さっき言いましたよね。僕は管理局で二番目によく働く人間だって」

「ああ。考えたくもないが、もっと働かされている人間がいるというわけだ。アンドロイドのためならばエンジニアが過労死するほうがまし、だったか。君の勤務態度に文句はないが、そんな暴論をわめく管理局の局長とやらには投書してやろう。有能な部下を使い潰すのは二流以下のやることだとな」

「それは残念。一番よく働いているのは局長なんです。あの人は天才ですよ。それから救いのない話、僕がここで働く理由は、全面的に局長の意見に賛同しているからです。そろそろ時間が押しているので、おいとまを。さあて、次はどこかな」

体の九十パーセント以上が機械だという男は、マップ画像と思しきものをデバイスから手元に投影して、庭先にとめていた浮遊バイクに飛び乗った。白いボディのあちこちにガタの目立つ、見るからに使い古しの機体である。

次のろくでもない修理に向かう背中を、オレンサル氏は無言で見送った。

閑静《かんせい》な住宅地だけあって、庭の先の空中道路には、ほとんど車はやってこない。よく晴れた凪《なぎ》の午後のように、静かに、誰にも干渉されず、穏やかな日々を過ごしたいと思っている人間しか住んでいない区画だった。

　邸宅は再び、いつもと同じ静寂に包まれた。

　オレンサル氏は右手で家妖精に合図し、携帯端末を取り寄せた。アンディの番号をもう一度コールする。

「アンディ。おじいちゃんだ。まだ連絡はとれないのかな」

『はーい、こんにちは！　こちらはアンドレイがリアルタイムで連絡不可能な場合に応答するまねっこＡＩです。ご用件のある方は――』

　オレンサル氏は回線を打ち切り、端末を家妖精のアームに預けた。やれやれと言いながら、屋敷の庭から家屋へと向き直った時、家主は自分が自分の足で立っていることに気づいた。ホバリング・ソファは家の中に置いたままで、ハビ氏を見送る時にはもう歩いていた。自分はまだこんなに歩けたのかと思う一方、オレンサル氏は自分の体にすら取り残されたような、強烈な郷愁《きょうしゅう》に襲われた。さっきまでこの家の中をソファに乗って動いていた男が、どこか遠くへ消えてしまったような気がして心許《こころもと》なかった。

　あるいは。

　もしかしてこれは、取り残されているのではなく、今まで取り残してきてしまったものを、少しずつ回収しているがゆえの違和感なのかもしれないと。

おぼろに思いながら、オレンサル氏はよろよろと歩いた。近くを通り過ぎると、ホバリング・ソファは自発的に持ち主のあとを追ってきたが、まだ座りたい気分ではなかった。

テーブルの上のアンドロイドは、胸の上で指を組み、眠っているように見えた。

テーブルに手をついて黙り込み、そのままの姿勢で佇《たたず》んでいると、家妖精が音声を出力した。

『オレンサルさま、このあとの予定はいかがなさいますか』

「…………」

家妖精の声に、オレンサル氏は『今後の予定』を案じた。思いあたるのは一つだけである。

サンルームに放置したままの、白い寝椅子。

きっちり三十秒後、家妖精は礼儀正しく、質問を繰り返した。

オレンサル氏は引き続き、沈黙した。

他に見る場所がないと脳が判断したように、アンドロイドの顔から目が離せなかった。

ジナイーダと名乗ったアンドロイドの表情は、最後に倒れた時の、引きつったような笑みではなかった。ハビ氏が調整したのか、穏やかな寝顔のようである。どれほど見つめていても、不安を覚えることはない。のんびりと眠る赤ん坊のようにも見えた。

オレンサル氏は目を伏せ、やり場のない感情のはけ口を探したが、見つからず、家妖精からの呼びかけを無視しながら、まばたきを繰り返した。薬の甲斐《かい》あって、フラッシュバックの気配は遠ざかったが、心の奥底から何かがこぼれそうになっていた。

『オレンサルさま』

「…………」

『オレンサルさま』

「…………」

『オーレン』

「……ん？　珍しい呼び方だな」

『失礼いたしました、オーレンさま。お食事は』

「お前は私をどんな時に『オーレン』という愛称で呼ぶんだ？」

『……厳密な言語出力による解説は、非常に困難であるのですが、わたくしのＡＩが必要であると判断した際に限り、そう呼ばせていただいております、オーレン』

「抜け目のないセールスマンのようなやつめ。しばらく黙っていろ」

『かしこまりました』

セルフ・メンテナンスをしているというアンドロイドを眺め、眺め、眺め続けるうち、オレンサル氏の腹がぐうと鳴った。久々に感じる空腹感だった。甘いソーダ飲料などというものを飲んだのがいけなかったのだろうかと、オレンサル氏は眉間《みけん》に皺《しわ》を寄せた。

「……おい、家妖精」

『ご用件を承《うけたまわ》ります』

「食事をするぞ」

常温の水と、薄味のパンという、最低限のオーダーに、オレンサル氏は迷った末、ライス・プディングを追加した。白い小山の形をした甘い菓子で、山の頂上には甘酸《あまず》っぱい赤いベリーが載っている。アンドレイの好物であった。

かしこまりましたと応じる家妖精の合成音声が、オレンサル氏にはどこか、笑っているように聞こえた。

「……オーウ、おはようございます？　こんばんは？　おはようございます、デスネ。ジナイーダの時計は午前九時四十五分に設定されています。タイムゾーンは一致していますか？　オーバーホール後の再起動を確認しました」

「おはよう、ジナイーダ。午前九時四十五分で合っている」

「それはよかったデス！」

一夜明けた頃合いに、ジナイーダは目を覚ました。

寝た子がどうしているかと確かめるように、ベッドの中から何度も家妖精にダイニングの様子を確認させるたび、オレンサル氏は家電製品に使われているような違和感に見舞われたが、頭がぼうっとしていてそれ以上は考える気になれなかった。常ならばベッドに入っても一睡もできないというのに、起きてやらなければならないことがあると思うと、数十年ぶりに出会う悪友のように睡魔が襲ってきた。

アンドロイドは飛び跳ねるようにテーブルから下り立ち、オレンサル氏は諌《いさ》めた。

「落ち着きたまえ。メンテナンスモードとかいうのが終わったばかりだろう。ええ、どうしたらいいのかな」

「メンテナンスは問題なく終了しました。システムオールグリーン、ジナイーダはとても元気デス！　お礼にお掃除をしますカ？」

「やめろ。いや、やめてくれ。掃除は十分だ。求めていない」

「オウ。ではストリップをしようと思いマスが、どうデショウ？」

「なんだこれは。全く直っていないじゃないか。あの藪《やぶ》め。もう一度コールしてやる」

「お気に召しませんか……？」

「気に食わん。そもそも何故ストリップなんだ」

「だって、ジナイーダ、お食事できマセン」

オレンサル氏はティーカップを持ち上げたまま、手をとめた。金髪のアンドロイドは、たまらなく心苦しそうな表情をつくって、オレンサル氏を見ていた。

「一緒にゴハンは食べられないし、クッキングの機能もないから、作ってあげられないネ。抱き枕にもなりまセン。私のボディちょっと古いネ。ゴツゴツなの。脚《あし》もあんまり曲がらない。気色の悪いクソ袋みたいな抱き心地。でも踊れマス！　ゆらゆらー、ふわふわー、できマス！　だからストリップします」

「……その『気色の悪いクソ袋』というのは何なんだ」

「よくわかりまセン。でも私のことデスネ。それは覚えてマス」

「君はその、前の勤め先というか、持ち主のことを、覚えているのか」

「いいえ！　最後の登録を破棄された際に、それまでのメモリは全て削除されました。野良アンドロイドのメモリは、原理上誰にでも閲覧《えつらん》可能なので、プライバシーの問題がありますネ。でも自分にまつわる情報まで忘れると、ンー、何て言うの？　二度手間ネ？　もう一回同じことお勉強するのはヒコウリツ。そういうことは少しだけ覚えているヨ！　ストリップもね！　社長さん、ストリップ見る？」

「私は社長さんではないし、ストリップは好きではないんだよ。掃除もしてほしくない」

「オウッ……ではジナイーダ、パーフェクトな役立たずデス……」

呻きながら、アンドロイドは高速のまばたきを繰り返していた。管理局に関連したページで、アンドロイド運用にまつわるガイドラインを眺めていた甲斐あって、あまりよくない兆候であることは理解できた。根気強く、相手の立場にたって、アンドロイドの話に耳を傾けようとすれば、あとは情動領域が自動的に調整してくれるという。それでもうまくいかない場合もありますが、そういう時には気長に構えましょうという一文も添えられていた。要するに子守りと同じだった。

「パーフェクトな役立たず、とは？　どういうことだね」

「ウウッ、お役に立てないアンドロイドは役立たずの粗大ごみデス……ごみは捨てられてしまいマス。そうするとジナイーダ苦しいネ。役に立てないとエネルギーがもらえなくて苦しいネ」

「エネルギーがなくて、苦しかったことを覚えているのだね。それはアンドレイに、私の孫に所有されたあとの話かね」

「ンーン、あの男の子には会ったばかりヨー。あの子のことナンニモ知らないネ。どんな子？」

「さて、実を言うと私もよく知らないんだ。彼は私の孫だし、私は『おじいちゃん』だが、血縁があるだけでね。彼の身元引受人は私だが、今は学業に専念する年頃だ。毎日顔を合わせるわけでもない」

「そうなの？　ジナイーダ、血縁のあるヒトいないのでよくわかりません」

オレンサル氏は苦笑した。本当に何もわかっていないのであろう無邪気な顔は、想像以上に幼児とよく似ていた。体つきは成熟した女性のものではあったが、中身が全く合致していない。

「ネ、何をします？　お役に立てます？」

「……お前は何かしたくてたまらないんだな。わかった。しばらくそこに座っていろ。いや、座っていなさい。声を出して三十数えるんだ。その間に戻るから。戻らなかったら六十まで数えなさい」

「ハイ！　わかりましタ！　ジナイーダはアンドロイドなので、規則正しく数をかぞえるのはとても得意です！　いーちッ！」

「もう少し小さい声でいいぞ」

「ソウ？　わかりました。ではやり直し。いッち！」

家妖精を呼び出し、間取りを調整させるかわりに、オレンサル氏は階段を自力でのぼった。どのお部屋にお越しですかという家妖精の声が聞こえたが、無視して手すりを掴み、足を動かし続けた。屋敷にある階段は、全部で十七段だったことを、オレンサル氏は初めて知った。廊下の突き当たりの部屋まで自力で歩き、もと来た道を戻った。

「ふう。ふう。素晴らしい運動だった。年は取りたくない」

「ン、何か持ってきたノ？　これは何ですか？　ペーパーボックス？」

「本だよ。電子ではなく、紙の本だ。中に絵と文字が入っているだろう。読めるか。読んで聞かせてくれ」

「もちろんデス！　ジナイーダは合衆国公用語他、全世界主要言語六つに対応していマス！　ただ、辞書ソフトは別売りになりマスので、ンー、合衆国公用語しかわからないネ……ン、ンー、この文字は……判読中デス……ンー……オウッ、さかさま？」

「向きは合っている。もういい、私が読むよ」

アンドロイドの手から取りあげ、床に座りこみ、ぱらりと開いた絵本からは、独特のにおいがした。一瞬で時計の針を七年分巻き戻す、魔法のような香りだった。肩越しに中を覗《のぞ》き込むアンドロイドの胸が、肩にもっさりと当たったが、どうにも紙袋のような感触だった。

うさぎがいっぴき、ぴょんぴょん。

ボールがふたつ、ころんころん。

キャベツがみっつ、しゃくしゃく。

あおむしがよんひき、くねくね。

バケツがいつつ、ばちゃばちゃ。

ページをめくるごとに、一つずつ、数えるものが増えてゆく、シンプルな絵本だった。

意味のない言葉遊びだった。児童心理学的に考えれば意味があるのだとしても、人間を模し、最初から完成形としてこの世に生まれ出でるアンドロイドに読み聞かせることに意義があるとは、全くもって思いがたい絵本だった。

にもかかわらず、アンドロイドは嬉しそうな声をあげた。

「オウ！　ワオ！　たくさん言葉がありますネー。楽しいネ。ぴょんぴょん、ころんころん、しゃくしゃく、次は？　次は？　次はナーニ？」

ページをめくるごとに、絵本のにおいは強くなった。頬《ほお》をつたう涙の感触を、オレンサル氏はぬぐうのを忘れた。絵本に夢中だったアンドロイドが先に反応し、慌《あわ》てた声をあげる。

「社長サン、泣いてるの？　どこか痛いノ？　救急車を呼びますか？」

「…………私の家族が死んでしまった」

「オウッ……それはタイヘン。救急車を呼びますか？　それとも人殺しで、ポリ公のブタ箱ですか？」

オレンサル氏が思わず噴き出すと、アンドロイドは眉間ににゅうっと皺を寄せたあと、思い出したように笑った。

「笑ってるネ！　泣いてるけど笑ってるヨ！　おかしいねえ。変な顔ネ」

「そのポリ公のブタ箱というのはどこで覚えたんだ」

「ンー？　どこで覚えたのかは、覚えてないネ。でも意味はわかるよ。悪いことしてつかまっちゃうことネ」

「間違ってはいないが……」

泣きながら笑っていると言いながら、アンドロイドは手を伸ばし、オレンサル氏の頬に触れ、涙をぬぐった。やめろと言う間も、ふりはらう間もない、ほんのわずかな時間のことだった。

小首をかしげるアンドロイドを、オレンサル氏は見つめ返した。

「……私は、妻に、顔に触れられたことがない」

「ソウナノ？　ふーん、それはいいことですカ？」

「わからん。私が彼女と出会ったのは、二十年前の春だ。私は五十歳だった」

「オウ。というコトは、社長サンは、今六十歳ネ！」

「七十歳だ。足し算くらいは間違えるんじゃない。電卓以下になるぞ」

「ンー、実はジナイーダもわかっていましたケドォ、これは『サバを読む』というテクニックでェ……」

「それ以前に覚えるべきことが多々あるだろうが。そもそも見え透いた世辞《せじ》は無礼だ。新しく学習するといい」

「ン、わかりましタ！　勉強ネ」

二十年前。五十歳の春を迎えたオレンサル氏は、そろそろ自分にも配偶者があるべきだと判断し、付き合いの長い政治家がこしらえた、スポーツ選手とのハイブリッド受精卵から生まれた娘と婚姻関係を結んだ。互いの細胞を利用し合うことを確認し、せっかくなので二人で写真を一枚撮る。オレンサル氏の父の代から、『婚姻』とはそういうものだった。それで終わりだった。

州立産科研究所は、バンク登録済の二人の生殖細胞を用い、男児一、女児一を速やかにもうけた。

スピード保育によって、一年間で三歳児相当まで育った二人の子どもは、オレンサル氏の邸宅にやってくると、胎盤ボトルから出て初めてつかう手足を喜び、ぱたぱたと軽い音を立てては走り回り、時々は絵本を読んでもらいたがった。男の名前はシオン、女の名前はリラにした。どちらも美しい花をつける植物である。自治州における成人年齢は十六歳だが、産科研究所の出身者ゆえ三年繰り上げされて、十三歳で成人を迎えた。己の身の処し方を、完全に自分で判断できるとされる年齢である。

成人を迎えたその日に、二人は並んでサンルームに白い椅子を並べた。

リサイクル・ソファこと安楽椅子による、生体リサイクルへの検体である。

成人の誰しもが持つ権利の行使であった。

オフィスでの仕事を終え、帰宅したオレンサル氏を迎えたのは、当時使っていた家妖精による、二人の子どもの死を伝える音声だった。パンが焼けたことを伝える際と、全く調子の変わらない音声だった。

「彼らは………生きることを望まなかった。市民健康省の椅子は、楽に死ぬことができる装置だ。痛みも苦しみもなく、眠りながら死ぬことができる。彼らはその椅子で寝てしまった。私には何の相談もなかった」

「オウ。難しいけど、ジナイーダわかったネ。お子さんが二人、椅子で寝てしまったことが、社長サンつらかったネ。じゃ、起こしてあげて？」

「……普通の椅子で眠るのと、リサイクル・ソファで眠ることは違う。起こしてあげられないんだ。いなくなってしまうということなんだよ。もう二度と目覚めない」

「オウ、それはヘンね。故障なの？」

「……わからない。私には難しすぎる。自分から望んで故障したくなったのかもしれないし、本当はそうではなかったのかもしれない。いずれにせよ修復できない故障だ」

「ヘンねー。自分から故障するアンドロイドなんていないヨー。みんな好きで故障なんかしない。ヘンねー」

「お前たちにはそういう選択肢《し》がないだけだと、昨日ここへ来たエンジニアは言っていたよ。お前ももし、選べるのなら、自分から故障してしまいたいと思うか。もう誰かに怒鳴られたり、薄汚い袋と言われたりしないところへ行ってしまいたいと思うか」

「ンー…………ジナイーダよくわかりまセン。ごめんネ」

「謝る必要はないさ。私だってわからない」

口に出したあと、そうか自分はこんなことを思っていたのかとオレンサル氏は理解した。

わからなかった。

理解のよすがも摑めなかった。

何故あんなことが起こったのか。どうすればよかったのか。

そして何よりもわからなかったのは、自分自身が彼らをどう思っていたのかだった。

「……彼らと私は、二度、写真を撮った。写真はわかるかね。３Ｄではなく２Ｄの画像データで、カードのような形に出力することができる。この家のポーチには、昔は、藤棚があってね。私は彼らとそこで写真を撮影した。一度目は彼らが産科研究所からこの家にやってきた時。ちょうど花盛りの季節だった。卵子提供者の女性も呼んで、いわゆる『家族写真』のようなものを撮った。二度目は彼らが成人を迎えた時だ。ほとんど学校に通わせたきりで、顔を見るのは年数回だったが、まあ何かに使えるかもしれないと思って撮影した。それだけだ。私が彼らと行った、肉親らしい行動は、それで全てだ。しばらくの間、同じ空間で生活したことはあったが、親しく言葉をかわすこともなかったし、彼らの好きな食事や好みの音楽も知らない。ただ必要になったから、つくって、育てていただけだ。将来的に自分のポストの後継者が必要になる時に、血縁関係のあるバックアップが存在したほうが、資産を分割する必要性もなく、トラブルが少なくすむと合理的に判断しただけだ。シオンもリラも、植木鉢の植物と同じだと思っていた。ガイドブックに従って、水をやり栄養を与えれば育ってゆくものだと思っていた。私だって、そのように育てられてきたのだから」

「ごめんなさいネ、ジナイーダまたわからナイ。頭が悪くてごめんなサイ。ゆっくりお話ししてクダサイ。ゆーっくり」

「…………」

配偶者こと、卵子提供者の女性にも、オレンサル氏は何が起こったのか連絡した。とはいえ人気の提供者であった彼女の言葉は、『全ての結婚相手との子どもを気にかける余裕があると思うか』だった。卵子の提供先は百人を超え、生活をともにしているわけでもない。ろくでもないニュースを聞かせないでくれという彼女には、取りつく島がなかった。

紙の写真を、オレンサル氏は紙のアルバムに貼っていた。写真にもアルバムにも、スペアはない。

写真を剝がすことはできなかった。

「社長サン？　どうしたの？　ゆっくりならお喋りして平気ヨ」

「……別に許可など求めていないぞ」

オレンサル氏は手元の絵本に目をやった。

三歳の頃、家にやってきたばかりの、ころころした二つの生き物は、小さく、柔らかく、愛らしかった。このミニチュアサイズの生命の半分が、己の生殖細胞を基盤として育《はぐく》まれたものであると思うと、誇らしい気持ちが芽生えたのもよく覚えていた。絵本を読み聞かせても途中でむずかり、どこかへ這ってゆき、ロボット・アームによって寝床に回収され、餌《えさ》のように食事を貪っているだけであったが、思い出はこびりついて離れなかった。

彼らの成長に、オレンサル氏は興味がなかった。前時代ではあるまいに、そんなものは産科研究所や育児用ＡＩに効率的に委託しておくべきものだったし、オレンサル氏自身、学業に従事するようになってから、必要以上に親の顔を見た記憶はなかった。

自治州の政治に携《たずさ》わり、新たなインフラを整備し、観衆の中で拍手と表彰を受けるたび、オレンサル氏は己の生まれてきた意味を感じたが。

何故、それ以外の問題で、理不尽なショックを受けなければならないのか。

オレンサル氏自身が判断した結果ではないにもかかわらず。

それだけが理解できなかった。

自分自身の一部が勝手に消えてなくなったことがショックだったのだと仮定しても、生殖細胞はいまだ潤沢に保存されていた。経済上の問題が存在しない以上、子どもは創ろうと思えばいくらでも創りだすことができる。だがオレンサル氏には全くその気が起こらなかった。わからないことだらけだった。

あの日以来、自分の抱えているわだかまりの名が何なのか。怒りなのか、哀しみなのか、だとしたらそれは、どのような理由によるものなのか。わからないまま七年間もちこたえてみたものの、どうにもならないとしか結論付けられなかった。

あまりにも沈黙が長引いたようで、アンドロイドはむずむずと体を動かし、話しかけるタイミングをうかがっていた。

「何だ」

「社長サン。辛いのネ。ツライネー。ンー、ツライネー」

「ふざけるな。お前に私の思いがわかるとでもいうのか」

「ンーンー、わからないヨ。だってジナイーダ、大切なヒトとかいないからネ。覚えてるコト、あの男の子にお買い上げされて、この家に来る前のことだけヨー。でも想像できるネ。アンドロイドには情動領域があるからネ。ツライって顔してるネ。ツライのは、冷たいこと。暗いこと。手を伸ばしても何にもないこと。先のことが全然わからないこと。もう思い出せない昔を思い出して、まるで今誰かに顔を殴られたミタイな気持ちになるコト。ジナイーダのメモリはほんのチョッピリだから、知ってる『ツライ』は少ししかないけれど、社長サンはもっといっぱいメモリが、思い出があるね。だったらもっとツラいネ。ンー、それはとってもイヤなこと。ストリップしたくなるネ……オー！　ジナイーダはツライとストリップをしたくなるのデスネ。勉強しました」

オレンサル氏がやれやれと首を振るうちに、ジナイーダはひょいと絵本を取りあげ、上目遣いをした。

「社長サン、もう絵本読まないノ？　ジナイーダが読んであげましょうカ？」

「今度は読めるのか？」

「読めるところだけ読むネ！　ンー、が、いつ。ばちゃばちゃ！」

「バケツが、いつつ、ばちゃばちゃ」

「それネー！　が、むつ。きらきら」

「おほしさまがむっつ。きらきら」

「ンー！　楽しいネー。ジナイーダは読むのが上手ヨ！」

「読んでいるのは私じゃないか。私はちっとも楽しくないぞ」

「それは嘘《うそ》ネー。社長サン笑ってるヨ。人間はつまらない時笑わないネ」

「……次のページはいいのか。まだまだ続きがあるぞ」

「読む、読むヨー！　社長サンせっかちネ」

読むと言いながら、案の定ジナイーダは文字を時々スキップしながら音読した。もともと意味のない文章が、もっと支離滅裂《しりめつれつ》になってゆく。一つずつ増えてゆく数と、次第にはなやかに、賑やかになってゆく絵面に、オレンサル氏は催眠術にかかったような気持ちになった。自分で自分に暗示をかけているのである。

二十まで数えると、絵本は最後のページにたどりついた。

この本を読んだ方はこちらも、等の無粋な広告が表示されない紙の本である。うさぎやキャベツやバケツが並んだ絵の下に、作者の名前と発行元が印字されていた。そして。

その下にクレヨンで書き殴った、小さな絵があった。

まるい頭に、棒のような手足がはえている、しなびた果実のような絵である。これはかつかですよ、という少女の声が、オレンサル氏の脳裏を嵐のようにかき乱していった。幼い少女は礼儀正しく、オレンサル氏を『閣下』と呼んだ。

「…………」

そういえばこの本に絵を描いてしまったと、家妖精が報告してきたことがあったと、オレンサル氏はおぼろげに思い出した。何故こんな可愛《かわい》らしい出来事と、彼らの死の報告とが、全く同じ声色で伝えられるのかと、身中の嵐をおさえられなくなったオレンサル氏は家管理ＡＩを交換した。家を改装することはできなかった。それは一度ならず二度までも、無遠慮に胸の奥を切り裂かれるようなものだった。

気づいた時には、オレンサル氏は言葉を発していた。

「……死んでほしくなかった」

「オーウ？」

「死んでほしくなかった。彼らは私なんぞに創りだされたくはなかったのかもしれない。十三年、ただ我慢をしてきただけだったのかもしれないが……それでも死んでほしくなかった。私は自分の子どもが好きだった。この自治州に暮らしている大多数の人々にとって、産科研究所から運ばれてきた小さな生き物がいなくなったか否かなど、大した問題ではないのかもしれないとしても、私には関係ない。私は彼らが好きだった。もっと一緒にいられると思っていた。今にして思えば、してやりたいこともあった。だがそんなことは何も伝えられなかった。ただの赤の他人のような関係のまま、私たちの繋がりは終わってしまった。それが、悲しい。もし伝えられていたのなら、何か変わっていたのかもしれない。もちろん変わらなかったかもしれんが、あるいは……」

オレンサル氏は困惑していた。目を見開き、身じろぎもせずソファに座って、安楽椅子のことしか考えられなくなる時間、いつも吹き荒れている嵐が、急に言葉のかたちをとったようだった。ライターありきのスピーチならばいざしらず、言わなくてもいいことをこんなふうに口に出すのは初めての経験である。主の不調を察し、家妖精はメディケーションを勧めていたが、オレンサル氏は無視した。焼け石に水をかけるのにも限界があった。

「……何故これほどまでに悲しいんだ。いくらでもかわりのきく子どもが死んだだけだというのに、それだけでこれほど悲しくなるのなら、私はきっと欠陥品の人間なのだろう。だがもしそうではないというのなら、何故誰も、とりかえしのつかない痛みがあるのだと私に教えてくれなかった。父でも乳母《うば》でも教師でも誰でもいい、もっと前に教えてほしかった。あの子たちがもう戻ってこなくなる前に、教えてほしかった。あれからの生活は悪夢だ。私はもう自分がクソ袋になったような気がする。何もできない。無力だ。自分の体に息をする機能が残っていることがつらい。笑ってしまいそうなほどだ。お笑い草だ。ははは。こんなに長く生きたというのに、自治州の政界に名を刻んだというのに、私は何も知らなかった。醜《みにく》く老いた赤ん坊のようなものだ。はははは。はははは」

「オーウ……よくわからないケド、社長サン、悲しいネー。ずっと泣いてる」

頰に触れた指は、再び涙をぬぐっていった。またこぼれるとぬぐい、こぼれるとぬぐい、あとからあとから溢れてくることなど考えもしない子どものように、ジナイーダは何度もオレンサル氏の頰に触れた。

「悲しいのは、悲しいネー。悲しいネー」

「…………………」

「泣かないで。泣くと疲れちゃうヨ」

「……ストリップするとは言わないんだな」

「ジナイーダがストリップしても、社長サン喜ばないネ。じゃあ意味がないヨ。掃除もストリップもほしくないト、ジナイーダ何の役にもたてないけど、傍にいますヨ」

「……何故？」

「だってジナイーダは、アンドロイドだからネ！　人間の隣人デス。隣人は、『となりのひと』ヨ。つまり、傍にいるってことネ」

オレンサル氏は開いたままの絵本を、絨毯《じゆうたん》の上に置いた。ジナイーダが涙をぬぐおうとするので、膝を抱えて顔をうずめると、アンドロイドはオーオーと唸《うな》りながら、次にどうしたらいいのかを慌てて考えているようだった。なすべきことがアンドロイドにもわかっていないことが、オレンサル氏には不思議と心地よかった。どうすればいいのかわからない状況の中で、無様にじたばたしているのに、特に見苦しいとも思えなかった。

「社長サン、ダイジョウブ？　救急車イラナイ？　ポリ公もイラナイ？　ダイジョウブ？」

「……すまん。うまく喋ることができない。だが、どちらもいらないよ」

「わかったヨ！　うまくお喋りなんかしなくてオーケーよ！　ジナイーダお喋り上手だからネ。でもジナイーダ、ちょっと気づいたんだケド、社長サンお腹《なか》減ってるんじゃナイ？　ジナイーダもエネルギーが足りてないと、あんまりうまくお喋りできなくなっちゃうヨ」

「……では、今は十分足りているというわけだ。達者に喋る」

「ソウネ！　メンテナンスしてもらったからデース。サンキュー、社長サン！」

「私は社長さんではないと、ずっと伝えているように思うのだが」

「オウ……でも、ジナイーダ、あなたの名前を知らないヨ」

目を見開いたオレンサル氏を、ジナイーダはじっと見つめていた。深刻な顔である。

「もしかしてダケド……社長サン、名前ナイ？　だったらイイヨ！　気にしないデ！　ジナイーダもいろいろないものあるからネ。ファミリーネームとか」

「オレンサル・ライトショー自治州市民だ」

「オウ」

あったのネーと呟《つぶや》くジナイーダに、あったのだよとオレンサル氏は真顔で頷き返した。

「オレンサルでいい。いや、長いか。孫には……おじいちゃんとか、オーレンと呼ばれている」

「オー！　オーレン！　いい名前ネ！　ジナイーダ、短い名前のほうが覚えやすいから好きヨ。私の名前はジナイーダ！　よろしくネー」

そう言って、アンドロイドは手を差し出した。握手のポーズである。

よろしく、という言葉を、オレンサル氏は胸の中で反芻《はんすう》した。どこか新しい道を想像させる言葉である。招かれていない、黒い道ではなく、その道はオレンサル氏の足元に存在した。

「……よろしく」

同じ言葉を返しながら、オレンサル氏はそっと、白い手を握り返した。

「ただいま。おじいちゃんいるー？　どこー？」

二泊三日の旅を終え、帰宅したアンドレイに、オレンサル氏はサンルームだよと声をかけた。家妖精のアレンジで、鈍い音を立てて間取りが動いたあと、光差す部屋に金髪の少年が飛び込んできた。

「ただいまー！　海底トンネル見たよ、すごかった。もちろん自治州の外には出られなかったけど、怪獣のお腹の中にいるみたいに、ずっと真っ暗で、ずっと空洞で、ずっとロボットとアンドロイドが働いてるんだ。僕も将来はああいう仕事がしたいな。あれ、おじいちゃん、自分の足で立ってるの？　何してるの？」

「カレンデュラの植え替えだ。鉢に放り込みはしたが、見るからに無様だったからな。放置してもろくなことにならない。多少は調整してやらねば。それより」

あのアンドロイドのことだがと、オレンサル氏が切り出す前に、オーッという明るい声が部屋に飛び込んできた。エプロンをかけたジナイーダは、勢いあまって背後からアンドレイに抱き着いた。

「おかえりなサイ！　おかえりなサイ、若サマ！　えーと、何て名前だっけ？」

「孫のアンドレイだ。教えただろう」

「そうネ！　おかえりなさいアンドレイ！　ジナイーダいい子にしてたヨ！」

お前が預けていったアンドロイドだぞという、若干の戒《いまし》めの気持ちをこめて、オレンサル氏は孫息子を見つめたが、リアクションは思いもよらないものだった。ええっ、うわっ、なんで、という呻き声のあと、アンドレイは大きな瞳を瞬《また》かせた。まるで幻でも見ているような表情だった。

「どうして。何でまだこの子がいるの？　意外にちゃんと動いたの……？」

「どういうことだね」

「だって明らかにジャンクだったし、変な言葉も口走ってたのに」

「知っていたのか？　だったら何故」

「わっ、ごめんなさい！」

勢いよく頭を下げたアンドレイの横で、ジナイーダはわけがわからないという顔をしていた。エプロンをかけたジナイーダから、鉢替えのための土の袋を受け取り、かわりに古い土を入れた袋を渡すと、オレンサル氏は作業を続けた。アンドレイは気まずそうに顔を上げ、ぼそぼそと喋った。

「……だって、気になったから」

「何がだね」

「俺がいない間に、おじいちゃんが、安楽椅子を使いそうで」

オレンサル氏が目を見開くと、アンドレイは目を逸らし、俯《うつむ》いて足元を見た。

「ごめんなさい。市民同士の関係としてはプライバシーに立ち入りすぎたことを言っているのは承知しています。でも、本当に怖かったから」

だからジナイーダを置き土産にしたと告げた。飛躍する論理に、オレンサル氏は頭をひねった。

「私の安楽椅子利用をさまたげるために、このアンドロイドを？　何故……？」

「だってこの子、めちゃくちゃなことをするから。ジャンク屋で少しだけ動いているところを見たけど、あっちへ行ったりこっちへ行ったりするだけで、ろくに喋れもしないし、かと思ったら服を脱ごうとしたりするし、もう手のつけられない不良品だったんだよ。こんなのが家の中にいたら、他のことは考えられなくなるでしょ？　それに、すぐに機能停止状態になるって話も、逆に好都合かなって。万が一にもストリッパーと心中したと思われるなんて、おじいちゃんはプライド的に許せないと思うから。あ、ご、ごめんなさい。差し出たことを言いました」

「……そういうことは、家族以外の相手には、あまり言わないほうが賢明だろうな。まあ私は君の家族だが」

アンドレイははっとした顔を見せた。誰かを『家族』と呼称するのは、オレンサル氏には初めてのことだったし、どうやらアンドレイにとっても初めての経験であるようだった。今どき古風なホームドラマでもない限り、対面の会話ではなかなか利用されない語である。

「アンドレイ、まだわからないよ。何故そんなことをしたんだ」

「ごめんなさい。でも……まだ死んでほしくなかったから」

「私にか」

「他に誰もいないよ。俺、おじいちゃんが好きだし。でもそんなこと言えるほど、しょっちゅう話をしているわけでもないし」

成人年齢を迎える以前、健全な市民の義務として、いずれも生殖細胞バンクへの登録をすませていたシオンとリラは、遺伝子レベルでは優秀な物件だったが、安楽椅子を使う際の規約に基づいて、州立産科研究所のマッチング・バンクからは生殖細胞が排除された。だが排除の前に、手続きを行った男性との間に、リラには一人の子どもが存在した。胎盤ボトルでの培養中に男性は事故死し、リラも自裁したため、完全に存在が宙に浮いてしまった少年である。

遺伝学的にはオレンサル氏の孫にあたる少年は、あわやそのまま『流産』となるところをオレンサル氏に拾われたことを感謝し、明るくも模範的な少年たらんとしていた。土木工事に情熱を見せるのも、後継者をなくしてしまった元開発産業省副大臣への気遣いであり、礼儀作法以上のものではないと、オレンサル氏は思っていたのだが。

少年はオレンサル氏の目を見て、おじいちゃんが好きだと言った。

何かを言おうとする前に、オーウという調子っぱずれの声が二人の間に割り込んだ。

「ジナイーダもネ、おじいちゃん大好きヨ。おじいちゃん優しいネー。ジナイーダにいっぱい植物の名前を教えてくれたヨ。オーバーホールもしてくれたの。ミテ、ここ管理局の認可シールがあるネ。ジナイーダ、この家の子になったヨ！　ワーイ。おじいちゃん、疲れたから昼寝してイイ？　通販でベッド買ってジュース飲みたいネ」

「植え替えはまだ半分も終わっていないぞ。寝るんじゃない。買い物もするな。それから私はお前のおじいちゃんではない。オーレンさまと呼べ」

「ウー、オーレンは頑固。あと偉そうネー。ヤーネー」

「ほんとに？　本当にこれを所有するの？　何に使うつもりなの？」

まさかアンドレイに言われるとは思ってもいなかった台詞《せりふ》に、オレンサル氏は噴き出しそうになったが、思えば己がそれを考えもしていなかったことに思い至り、笑いは雲散霧消《うんさんむしょう》した。胸の内に残ったものは、どこか疲労に似ていて、穏やかだった。

「さて、何に使うかな。わからないが、まあ少しは賑やかになるだろうさ」

「ジナイーダ、とっても役に立つヨー！　数をかぞえたり、軽めの荷物を持ったりするヨー！」

おそれながらそれはわたくしにも十分に可能なことですと、呼んでもいない家妖精の声が乱入してくると、ジナイーダは壁に向かって何事かを言い返した。理解できる言葉で反論してくださいと家妖精が告げると、何故か勝ち誇った幼児のような顔をし、家妖精は不服そうに沈黙した。

同じく沈黙していたアンドレイは、オレンサル氏の顔を見上げながら、力なく微笑んでいた。

「……そっか。うん。少しほっとした」

「そうかい」

「……おじいちゃんが、いつかいなくなっちゃうのはわかってるよ、年上の人だから。でもできれば、もうちょっと先がいいんだ。わがまま言ってごめんなさい。生き死にのことに口出しするのはすごく失礼なことだってわかってるけど、お母さんの時の話を聞いてけっこう落ち込んで、合法薬物のトリップにはまりかけてたから、またああいうのは嫌だなと思って……身勝手なことを言ってごめんなさい。でも、俺まだ九歳で、椅子を申請できるようになるまで、七年は待たないといけないから。その間どうしたらいいのか、わからないから……」

「アンドレイ」

「……申し訳ありませんでした」

頭を下げたままの少年の肩に、オレンサル氏は手を置いた。少年が顔を上げると、涙袋にそっと指を当て、涙をぬぐった。人間の分泌物《ぶんぴつぶつ》であるというのに、涙の粒はアロエの葉に宿る朝露のように美しかった。

「お前は、自分の感情を伝えるのがとても上手だね。それは才能だ。私やお母さんにはなかったものかもしれない。大事にするといい。きっとそれがお前を助けてくれるだろうし、お前の周りにいる人たちも助けてくれるかもしれない」

「……大変なご無礼を申しました」

「一緒に植え替えをするかね。根腐れを起こすと育たなくなってしまう。多少手は汚れるが、そのうち葉が青々としてくるはずだ。そうしたらここで、お茶でも飲もうじゃないか。どうかね、アンドレイくん」

「素晴らしい計画だと思います。オレンサル閣下」

「おじいちゃんと呼びたまえ」

「オー？　おじいちゃん、ワリと元気になったネー！」

「だからお前のおじいちゃんではないと何度も言っているだろう！」

そのうちポーチの、長く放置したままの棚を修復しようかと、オレンサル氏は無言で手を動かしながら考えていた。藤の花を垂らすのである。一年ではものにならなくても、二年かければ、それなりの見ごたえのあるアーチを造る自信はあった。春の終わりに幾重にも花房を垂らすよう、蔓《つる》を守り、剪定《せんてい》し、光と水を与えれば、花は咲く。

待っていれば咲くのである。

その日のことを考えながら、オレンサル氏はひそかな笑みを浮かべた。もし本当に、計画がうまくいったなら、紙のアルバムにもう一枚、紙の写真を増やすのも、それほど悪くはなさそうだった。

ピクニック

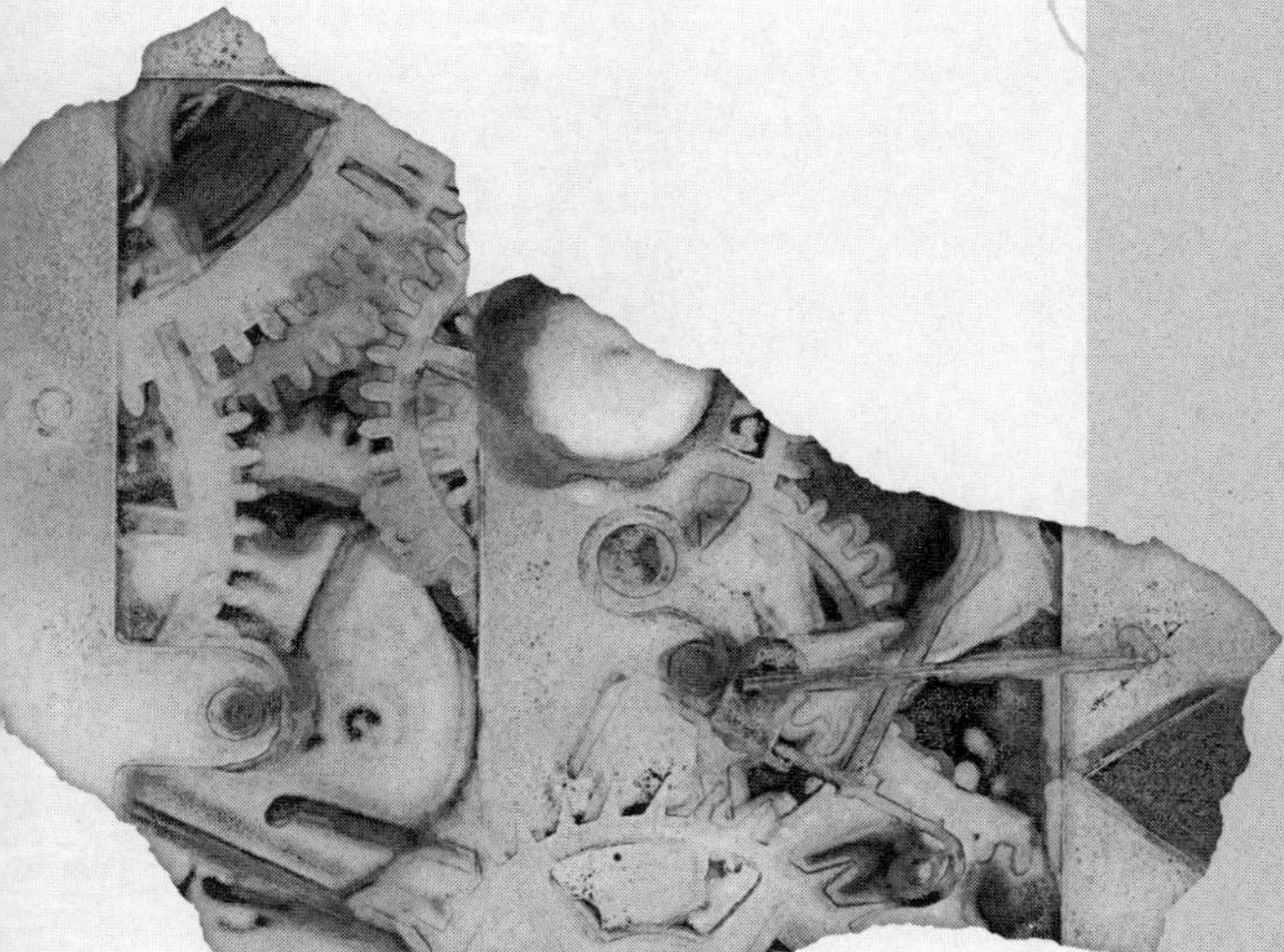

渚《なぎさ》の真ん中で、男が一人、死にかけていた。

もう一歩も動けなくなるところまで歩いて倒れたのである。サイボーグの身であっても、歩行の継続は極めて困難であった。怪我ゆえの消耗も激しい。大小合わせて五カ所以上に切れ目の入った肉体は、穴の空《あ》いたバケツのようなもので、サイボーグの血であり肉でもありエネルギー源でもある黄緑色のジェルが周囲に水たまりを作っていた。全身を防護していたはずの白いパワードスーツも、焼け、引き裂かれ、もはやボロ布である。

仰向《あおむ》けの男の目に映るものは、薄曇《うすぐも》りの空と、白く静謐《せいひつ》な波打ち際だけだった。

何故《なぜ》まだ、生きているのか。

これから何時間、息が続くのか。

連邦本土からサンクチュアリまで、渚をゆく地獄《じごく》のピクニックは、男のデバイスが壊れていなければ、残り二百四十キロだという。途中のどこかで確実に死ぬピクニックだった。

「はあ…………はあっ……はあ……！」

死にかけた時の特徴として、自死を選ぼうという気は起こらなかった。理性に本能がうちかってしまう。それでも体中からジェルが染みだしてゆくじゅうじゅうという音は、気力を少しずつ萎《な》えさせていった。この袋はもうだめだなと、男はゴミ袋の様子を観察するような気持ちで考えていた。ただし中に詰まっているのは、ゴミではなく自分の意識である。

「……はあっ、はあ……ははっ！　やっぱり、こういう終わり方か。はは……」

苦しい息の中、自嘲《じちょう》しつつ、男が波音を聴きながらまどろんでいると。

不意に。

頭に衝撃が落ちてきた。

目から火が出るかと思うような衝撃に、男は思わず叫んでいた。

「いたいっ！　何だ……！」

「こんにちは。頭部に石を落としました。生存を確認」

「死んじゃうだろうがあ……！」

「大変申し訳ございませんが、死者は文句を言いませんので。お体の向きを変えます。呼吸が楽になるでしょう」

ごろりと右を下に寝かされた男は、直上に『人』の顔を見た。無機質な銀色で、つるりとした質感の、あまり真面目《まじめ》に人を取り繕《つくろ》っていないタイプの『人』である。二つの紫色の眼球の下には、つたう涙の筋のように、黒い線が走っていた。パーツの切れ目である。

アンドロイドであった。

凹凸《おうとつ》に乏《とぼ》しい体を覆《おお》う白い上下に、クリーム色の縫《ぬ》い目のない靴《くつ》。他に持ち物はないようだった。

ボディの裂け目にナノマシン粉末をふりかけるだけの、簡単な手当てを受け、男は淡く息を吐いた。

「う、あ……ありがとう。少し楽になった」

「そりゃよかったです」

アンドロイドらしからぬ受け答えに、男は少し、戸惑いつつも頷《うなず》き返した。

「……うん、そりゃよかったよ。ところで、君は？」

「私はキヴィタス自治州所属のアンドロイド、XRX-PP001と申します。レックスとお呼びください」

「全《まった》く聞いたことのない型番だ」

「あなたは全てのアンドロイドの型番をご存じなのですか？　素晴らしい暗記力です。ともあれ、アンドロイドは虚偽を申しません」

どうぞお見知りおきを、とアンドロイドは濃淡のない声で告げた。アンドロイドというのならば搭載《とうさい》されているであろう『情動領域』――人間らしい行動を可能にする感情情報学習装置――の正常稼働を疑うほど、愛想のない声である。とはいえ男にとって、そんなことは最重要事項ではなかった。

「レックス、君は、サンクチュアリ、違う、キヴィタスから来たのか？　ということは君の持ち主はキヴィタス自治州の市民なのか？　キヴィタスというのは、この渚を越えた先にある、建設中の高層居住空間のことだよ」

「どちらの質問の答えも、イエスです」

ついてる、と男は呟《つぶや》き、砂浜に肘《ひじ》をついて上体を起こそうとし、呻《うめ》いた。ジェルの染みだす音はまだ続いている。男の口は自然に動いていた。

「……レックス、僕は十三分前の爆撃に巻き込まれた。ここから僕の歩いてきた方向に数キロ戻ると、爆散した浮遊車の残骸《ざんがい》が確認できるだろう。僕の体は至急の保護を必要とする。怪我をしているんだ」

「お名前をおうかがいしても？」

「名前、名前は……そうだな、あとで言うよ。自治州の保険コードは持っていないが、全額自費で払う。問題はない」

「お金持ちのジョン・ドゥさん、大変申し訳ないのですが、私はレスキューチームではありません」

「そうかい。じゃあ君がここまで移動してきた車か船舶《せんぱく》で、僕を輸送してくれないか。このままだと死にそうなんだ。バイタルデータの読み方はわかるだろう」

「申し訳ございませんが、私はここまで徒歩で参りました」

えっ、という呻き声の他、渚には波の音だけが響いていた。

ざざん、ざざんという静かな音が響く中、男は数秒、言葉を失っていた。

「……徒歩？　じゃあ、乗り物はないのかい。仲間は」

「おりません。私一人です」

「君は……じゃあ、一体なんのためにここへ」

「ちょっとしたピクニックです。アンドロイドは健脚ですので」

男は呻きかけた。

幸運の女神は、はしごを垂らすと見せかけて、糸くずを落としただけだった。救助にやってきたかと思われたアンドロイドは、明らかにメンテナンスを必要とするぽんこつだった。

ややあってから、男は笑った。アンドロイドの調律不足を呪いたくなった瞬間、思い出の扉がいっせいに開いた。まず口の形で。堪《こら》えきれなかったので、次に囁《ささや》く吐息のような音で。アンドロイドは首をかしげた。

「どうかなさいましたか。錯乱《さくらん》しているのですか」

「いや、何でもないよ。ところで、君の持ち主は?」

「ただいまは都市《キヴィタス》平均時間の午後三時、ティータイム中かと存じます。ここから二百四十キロ先で」

「ティータイム」

「はい」

「ふ、はは、はは……!」

再び男が笑い始めると、アンドロイドのレックスは、憮然《ぶぜん》とした顔をした。それがデフォルトの表情なのか、そうでないのかも判然としない表情だったが、ともかく男の笑いを止めるには至らなかった。

一般的なアンドロイドであればかけるであろう、どうしましたかという言葉の一つもなく、アンドロイドは砂浜に倒れた男を見下ろしていた。

ひとしきり笑ってから、男は紫の眼差《まなざ》しにはっとしたように、顔を覆って首を横に振った。

「すまないね、驚いただろう。君にはわからないと思うけれど、僕には理解できる理由で、おかしいことがあったんだ。なるほどね。いろいろ筋が通っているよ。ははは。わかりやすい。痛快だな。いや……快《こころよ》くはないな。正直、痛い。痛いな。痛いだけだ。全然快くはない……はは……」

柔らかい砂の上に横たわりながら、男は空を仰《あお》ぎ、笑った。散歩にやってきたアンドロイドのことも、体液まみれでドロドロになった自分の体のことも、どうでもいい気分だった。さく、さく、という音が微《かす》かに聞こえる。どうやらアンドロイドはどこかへ歩き去っていったようだった。

視界に広がるのは曇った空ばかりだった。

雲の裏側で輝く太陽が、白い雲を鈍《にぶ》い銀色に見せている。

これが人工網膜に最後に映る色なのであれば、そう悪くはなかった。

と、物寂しく思っているうち、再びにゅうっと銀色の顔が視界に現れた。

「なんだい。君と遊ぶ余裕は……」

「そのままお待ちを」

跪《ひざまず》いたアンドロイドは、手早く男の手足を砂浜に広げると、激しい『液漏《も》れ』が起こっている部分の前後に何かのパーツを差し込み、その後『切り離し』を行った。肘から先の感覚が消えた時、男は呻き声をあげた。

「ご心配なく。痛覚センサー連動を遮断《しゃだん》する絶縁体をはさんでおります。さて、次は脚部です」

数分じっとしている間に、男の手足の関節から先は、すっかり新しいパーツに取り換えられていた。

もう何千回と全身のパーツを取り換えてきたサイボーグには、別段目新しくもないことだったが、それにしても砂浜での施術《せじゅつ》は初めてのことである。パーツの隙間《すきま》に砂が挟まっていたらイヤだな、と思ったところで、男は自分の思考を笑った。

ついさっきまで堪えかねていた痛みが、今はきれいに消えていた。

スムーズに立ち上がると、銀色の顔のアンドロイドは、どこか得意げな声色《こわいろ》で喋《しゃべ》った。

「先程あなたが仰《おお》せになった通りの場所で、爆散している小型の浮遊車を発見しました。あなたの応急処置に用いたパーツは、九割が壊れた車の部品です」

「……君のＡＩの中には、応急処置用の工作プログラムか何かが入っていたのか」

「その質問の答えはノーです。しかし己のなすべきことは理解、判断、実行可能です」

つまりアドリブであるようだった。

ティータイムをしているというアンドロイドの所有者が、一体どれほどの財力と酔狂な趣味の持ち主であるのかと思いつつ、男はため息をつき、手を差し出した。

「それは？」

「握手がしたい。ありがとうレックス。これでまたしばらく歩けそうだ」

「そりゃよかったですね」

そう言うだけで。

レックスは手を伸ばさなかった。

持ち主の口癖のコピーと思《おぼ》しき紋切《もんき》り型に、いやに冷たいニュアンスを感じ取り、男は手を下ろした。アンドロイドらしい奥ゆかしさだと思っておくのがよさそうだった。余計なことを考えている余裕がないのは、応急処置を施《ほどこ》されても同じである。

「……レックス、このあと僕はどうするのがいいと思うかい。君の意見を聞きたい。ちなみに『もと来たほうへ戻る』以外の選択肢《し》で」

「私にはあなたを担《かつ》いで歩くほどの力はありませんが、あなたの傍《そば》を歩くことは可能です。このまま西へ二百四十キロほどピクニックをすれば」

「お弁当なしのピクニックか」

「はい、その通りです。お弁当なしのピクニックをすれば、我々はキヴィタス自治州にたどりつくことができるでしょう。それ以外の選択肢はありません」

「もと来たほうへ戻るのでも、キヴィタスへゆくのでもなく、海のほうへ歩くのは？」

「最新鋭のバトルロイドが火花を散らす戦場で、塵《ちり》として爆散する可能性を留保しつつ、誰かに助けてもらおうとお考えであればアイディアの一つかと思いますが、その場合も最寄りの戦闘区域までは百キロ以上のピクニックになります」

「………」

男が逡巡《しゅんじゅん》する間、レックスはただ黙っていた。まばたきも乏《とぼ》しい、茫洋《ぼうよう》とした表情で。

淡い紫の色合いは、若いぶどうのようだった。

口の中にぶどうの酸味が蘇《よみがえ》った時、男はしぶしぶ覚悟を決めた。

「……レックス、一応確認するけれど、僕のボディはバイタルがオールグリーンの状態でも、アマチュアのスポーツ選手程度の運動能力だ。二百四十キロはフルマラソンの六倍の距離だね。何度か野宿をする必要もあるだろう。この体は既《すで》にボロボロで、いつ倒れ込んで息絶えてもおかしくはない。応急処置の体でそこまでたどりつけるだろうか。レックス、どう思う」

「おそれいりますが、今この段階において、私というアンドロイドには判断の権限がありません。あなたに選べる道は二つです。歩いて死ぬか、ここで倒れて空を眺めるか」

二つに一つです、と銀色の顔のアンドロイドは告げた。

男はそこではたと気づいた。

「………そうか、そういうことか。君には最初から選べないんだな」

「お察しくださり、ありがとうございます。アンドロイドは、瀕死《ひんし》の人間を放っておけるようにはできておりませんので」

あなたがここに留まる場合は、自分もここに留まることになる。そしてあなたがここで死ねば、機能に重大な変調をきたす可能性がある――と。

レックスはあくまで淡々と告げた。

機械と人間の境目がどこまでも曖昧《あいまい》になった時代、なおその二つを完璧に分かつのが、人命重視の原則であった。

機械は人間を見捨てることができない。

人間を害することができない。

どれほど自分を虐待《ぎゃくたい》している横暴な持ち主であろうとも、アンドロイドは人間に害を与えられない。そして自殺しようとする人間を見過ごすこともできない。放っておいたら死ぬ可能性がある行為を看過《かんか》するのも婉曲《えんきょく》な殺人であるとすれば、当然であった。

アンドロイドが商品でありモノである以上、必要な枷《かせ》である。

自殺しようとしている人間を目の前にしながら止められなかったアンドロイドは、情動領域に深刻なエラーを抱える、という論文を、男は壊れかけた頭の中で反芻《はんすう》した。たとえ生き延びる術《すべ》が、非現実的、あるいは拷問《ごうもん》的な長距離を踏破することのみであるとしても、アンドロイドにはそれを推奨《すいしょう》する以外の選択肢がない。

そして人間がイヤだと突っぱねる限りは、「もと来た道へ戻れ」とも言わない。

男は再び唇に笑みを浮かべた。

「……うん、そうだな。そうだ。君をここで道連れにするのは気が引ける。ということはもう、全部決まっているんだな。そうか。そういうことか。はは」

「あなたは独り言の多い方ですね」

「ははは、そういう環境が長かったからね。さて、そういうことなら頑張ってみるか。あいたっ、あたたた、たたた……君、モルフォ蝶《ちょう》か、ダークオピウムを持っていないかな」

「検索します。――しました。それは、本土で流行している軽度のドラッグの名称ですね。残念ながら、所持しておりません。また、そのような薬物をアンドロイドが所持した場合、地方法に基づいて」

「もういい。もういいよ。ああ、痛い。痛い。これは一生分の痛みだぞ。でも歩くぞ。どんどん歩く。どうだレックス、僕は偉いだろう」

「大変お偉い方と存じます。早歩きをなさればもっと偉いかと」

「ははは。君、拷問係の才能があるね」

「頑張ってくださいませ、名無しのジョン・ドゥさま」

「ははは!」


最初の十キロは順調だった。

二十キロも快調だった。

三十キロを越えると、渚は徐々に泥土の様相を呈《てい》してきた。

もとは海であった場所が、大規模な地殻《ちかく》変動で干上がった土地である。

泥土のもとになっているのは、大小の死んだ魚や千切れた海藻《かいそう》、乾いたサンゴ礁《しょう》である。全ての海の生き物が、一様に灰色になって折り重なった土地は、あちこちから有機的なミイラが飛び出す地獄のようであった。もともと合衆国本土とキヴィタス自治州の間は空路で結ばれているのみで、本土とキヴィタスを結ぶ海底トンネル計画も始まったばかりである。陸路は不毛の道であった。風は、ない。完全に生身の人間であれば早々にリタイアしかねない、荒涼とした風景が無限に続いていた。

踏み出すたびに足首まで泥で埋まる渚の道を、二つの影はゆっくりと歩き続けた。

時には過去海底山脈であったという『山並み』に沈む夕日の見事さに、男が手を叩き。調子に乗るとまた液漏れが始まりますよというレックスの言葉が男を窘《たしな》め。

四十キロ。

五十キロ。

そしていよいよ日が沈みきろうかという時。

不意に遠くから、風の音が聞こえてきた。

「……嫌な予感がする」

「予感ではありません。私のAIはレーダーの照射を確認しました」

「伏せろ！」

夕暮れ時の地平の中に、突如《とつじょ》として光の道が現れた。

太陽のような金色で、男の背後から――本土の方角から差す光である。

まるで旅人を導く灯台の光だ、と疲れた男が思った瞬間。

遠くから訪れた光は、灰色の地を一閃《いっせん》し、地を抉《えぐ》って爆《は》ぜた。

光が照射された道に沿って、泥が柱となって立ち上がる。さながら海原《うなばら》に立つ水柱のような高さだった。無造作な爆発は、土地を切り刻むレーザービームの余波だった。距離、威力からして、海底トンネル掘削《くっさく》等の大規模工事に用いるレーザーであることは明らかで、人一人を殺すためには明らかに威力過剰だった。

爆発の端に巻き込まれた男は、数メートル吹き飛んだあと、柔らかい泥の上にぐしゃりと落ち、舞い上げられた土を体中に浴びた。

もう一撃入ったらまずい、もう駄目だ、と祈る間に。

日は傾き、傾き続け、ついには落ち。

世界は完全な闇《やみ》に包まれた。

男は息を殺して待った。待った。待ち続けたが。

レーザーの第二射はなかった。

ああそうか大物の武器を使うと一撃で大金が消えるんだと、男は脱力がちに考えていた。

内臓を吐き出すような深い息をついたあと、男はのたくたと体をゆさぶり、泥の中から脱出しようともがき、声をあげた。声帯機能は失われていなかった。

「…………レックス、レックス！　いるか……そっちは無事かい」

「その質問の答えはイエスです。私はレーダー照射を感知したあと、速やかに回避行動をとりました。あなたを抱いて逃げる余裕がなかったことをお詫《わ》び申し上げますが、ようやく身体機能の状況確認に成功しました。六八・七八パーセント保全、自立歩行可能。どこですか、名無しのジョン・ドゥさま。爆発の余波によって、生体反応センサーの機能が不完全です」

「こっちだ。ここにいるよ。声をたどってくれ。あいた、あたたた……」

「ただ今そちらに」

　じゅっ、じゅっ、という泥に足を突っ込む音が近づくごとに、男は安堵《あんど》していた。しかし目の前にレックスがやってきても、全く何も見えないことに気づくと、乾いた笑い声をあげた。

「どうしましたか」

「……目をやられた。何も見えない」

「それはいたましいことです」

「ああ。おまけに立ち上がれない。腰のあたりから下の感覚がまるでないんだ。こりゃあいよいよ駄目だな」

「『駄目』とは、キヴィタス自治州への道のりを諦《あきら》めるという意味ですか。残りは百九十キロですよ」

「そうだな。たった百九十ぽっちだったのにな。はは……」

　ひとしきり笑おうとした男は、既に音声の出力も不自由であることに気づき、はーっとため息をついた。息の音だけは、いまだスムーズに口から出てきた。

「せっかくピクニックに付き合ってもらったところ悪いけど、ここまでだ。もうどうにもならない。くたびれもうけで悪かったね、レックス」

「…………」

男がそう告げると、レックスは沈黙した。

目の前にいる人間の『死』の受容は、アンドロイドにとっていかなる影響を与えるのだろうと、男は実験を観察するような気持ちでいた。人間を助けなければならないという強迫観念がうち壊されることによって、感情学習機能に障害が及ぶのか、否《いな》か。及ぶのであれば、それはどのような結果をもたらすエラーであるのか。学習装置にはどのようなフィードバックが生まれるのか。何かを感じたりするのか。

もし感じるのであれば。

それは男がアンドロイドたちの『機能停止』によって受け入れてきた何かと、どこまで同じで、どこまで異なるものなのか。

まぶたを上げても下げても同じ暗闇の中で、男は微かに笑いながら喋った。

「レックス。僕の『機能停止』を目にすると、君のＡＩは不調をきたすだろう。今まで面倒を見てくれて本当に助かったよ。でも、もういい。遠くへ行ったらどうだい」

「はばかりながら、生命維持に危険を抱えた人間を置き去りにすることは、私どもには許可されておりませんので」

「ああ、そうか………じゃあ仕方ないな。うっ、痛い。また痛くなってきた。うぅ……」

「おいたわしい」

「僕もだ。この体がいとわしくて仕方がない。ああそういう意味じゃないか。ごめん。もうよくわからなくなってきた。痛い、痛い痛い痛い。はは。ははは。やっぱり笑えてくる。どうしてだろうな。ははは！　こいつはものすごく痛いぞ！」

「あなたは死にたくないのですか」

「……死にたくないかだって？　もちろん。死にたくないよ。全然死にたくない！　はは！　はははは！」

「少々お待ちを」

言いながら、レックスは不思議な機械音を立てた。

妙に間延びした機械音のあと、アンドロイドの指は無造作に男の体に触れた。ああここが破れていて、ここが抉れていて、こっちはもう存在しなくてと、間接的に自分の体がどうなっているのかを教えられる触診のあと、男の耳は再び奇妙な機械音をとらえた。おかしな話である。運よく近くに不時着した機械の残骸《ざんがい》でもあれば話は別だが、場にあるのは、抉られた泥の海と死にかけの人間が一体だけのはずである。音が出る道理がなかった。

にもかかわらず、レックスは何らかの作業を行っているようだった。

意識レベルが保てなくなり、ふっと眠りに落ちるような時間のあと、男は再び覚醒《かくせい》した。

視界は相変わらず暗黒だったが、体はどこか軽かった。

「目が覚めましたね。術式は完了しておりますよ、ジョン・ドゥさま」

「…………助けてくれたのか」

「質問の答えを保留いたします。あなたのボディパーツの機能を生体機能維持のための最小限に限定するかわりに、大腿部《だいたい》、および腹部の余剰パーツを摘出し、体液流出部に移植、流出をストップさせました。目が見えないことは幸いです。だいぶ、ええ、視覚的にダメージを負いかねないお姿になっていますので。視覚センサーの代替パーツがなく、左腕、右腕ともに動かす術がなかったことは残念ですが、私が案内する以上、歩行上の致命的な問題ではないかと。立てますか。機能的には立てるはずですが」

レックスは男の両手を摑《つか》み、力をこめ、引き起こした。

昏倒《こんとう》する前までは存在すらおぼつかなかった両脚《あし》で、男は再び柔らかな地面の上に立った。立っていた。足踏みをと促《うなが》されるまま両足を踏み鳴らすと、ぎゅう、ぎゅうと泥を踏みしめる感触が伝わってきた。腕の感覚はなかったが、ともかく歩くことはできそうである。

生きていた。

これはひょっとして、終わらない地獄なのだろうかと思いながら、男は口を開いた。

「………君は……」

開いたが、それ以上、言葉は続かなかった。

男が何も言えずにいると、レックスは淡々と告げた。

「さあ、ピクニックを続けましょう」

その後も、レックスは優秀な水先案内人として働いた。夜が明けました、日が暮れました、の他にも、泥土の中から珍しい貝や魚の化石が覗《のぞ》いていれば、あれはシーラカンス、あれはオウム貝、あれは突然変異した人面魚等の解説を与える。バランスを崩しがちな男が転ぶ前に手を差し伸べ、疲れたと泣き言を漏らしそうになる前に「頑張りましょうね」と穏やかな声で励ます。

無限の旅路を歩きながら、君には何かの才能があるとアンドロイドに告げたことを、男は思い返していた。

深みのある泥の土地を抜け、岩がちな場所を通る間、レックスは男が滑らないように半身を寄せて歩いた。

大丈夫ですよ、景色が美しいですね、視覚センサーが回復すればまた見えますよ等の、濃淡のない言葉を聞き流しつつ、男はついに口を開いた。

「レックス」

「はい、何でしょう。残りの旅路は一一八キロメートル、折り返し地点は過ぎましたよ」

「それはさっき聞いたよ。ねえレックス、君は……もしかして、僕が人間であることを疑っているのかい」

レックスは即答しなかった。その質問の答えは、という紋切り型でも応じない。

十歩ほど、ゆっくりと歩く時間のあと、アンドロイドは応答した。

「ご質問の内容をはかりかねます。多少の機能の減衰こそありますが、私は持ち主に調整された時から変わらず、システムオールグリーンで稼働しております。センサーに異状はありません。あなたは間違いなく人間ですよ」

「それはそうだけれど、僕の体はほとんど機械でできている。あらかじめボディパーツに栄養が含まれているから、一週間絶食しても脱水症状にもならない。過去の基準に照らす必要すらないほど、君たちと僕の体は、もうほとんど違いがないんだよ」

「いいえ、あります。私というAIの情動をつかさどっているのは、アリシア・A博士によって開発された『情動領域』、あなたがた人間の場合は生体由来の『大脳辺縁系《だいのうへんえんけい》』。前者を我々のAIは『AI反応』、後者を『生体反応』として区別します。センサーにとっては明確な違いです」

「………つまり、そこだけか」

「それ以外にどう区別すればよいのでしょう？」

レックスの言葉に、男は微かな皮肉の響きを聞き取った。

目が見えない分、耳から入ってくる情報には鋭敏になっている男は、自分の感覚をただの錯覚だとは思わなかった。岩の土地を歩きながら、ねえレックスと話しかけても、アンドロイドは応《こた》えなかったが、そのまま喋り続けた。

「レックス、僕はいくらか、アンドロイドと人間のかかわりには詳しい。たとえば極限状況における、人命救助の原則」

「おそれいりますが、あまり難しい言葉はわかりません」

「頑張って簡単に説明するよ。たとえば、一人の人間が死んでしまいそうになっている局面に、あるアンドロイドが遭遇したとする。海で溺《おぼ》れているとかね。そのアンドロイドはどう行動するだろう」

「海を泳ぎ、その人を救助します」

「そうだろう。ではその人が溺れているのが、三メートル先ではなく百五十キロ先の洋上だとして、アンドロイドは泳いで助けにゆくだろうか？」

「その質問の答えはイエスです」

「救助したら百五十キロ泳いで帰らなければならない。アンドロイドのボディパーツは耐えられるかな」

「最重要の論点が異なります。私たちアンドロイドには選択の自由はありません。たとえ該当《がいとう》アンドロイドのスペック的、あるいは情動領域的に無謀《むぼう》な賭《か》けとしか思われないケースであっても、AIは人命救助を優先するかと」

「なるほど、よくわかった。じゃあこういう場合はどうかな。百五十キロ先で溺れている人間の後方、十キロほどの地点に、陸地がある場合は？」

どういうふうに救助するかな、と男は言葉を連ねた。

レックスは応えなかった。

「溺れている人間は『十キロ後方の陸地に戻るなら死んだほうがましだ』とめちゃくちゃなことを言う。百五十キロの距離を移動するより、明らかに助かる可能性が高いにもかかわらずだ。この場合アンドロイドはどうするだろう」

「……人間の意思を無視して、十キロ後方の近いほうの陸地に送り届けるのではないかと」

「僕もそう思うよ」

男はしばらく、アンドロイドの言葉を待ったが、レックスは再び沈黙した。

男は言葉を続けた。

「こういう特殊ケースには、ＡＩがより逃避的な二択を提示することがある。君と僕の場合で説明するならば、そうだな、『キヴィタスまで歩いていって助けを呼んで戻ってくる。ただしその間に人間が死亡している可能性については無視する』あるいは『人間の都合は無視して本土に助けを呼びにゆく。ただしそれが理由で人間が後日バラバラにされて鮫《さめ》のエサになる可能性は無視する』とかね」

「……私のＡＩはそうは判断しませんでした。今更引き返すことは、あまり現実的ではないかと思います。レーザーによる砲撃もありました。危険である可能性が高いのでは？……とはいえあなたは、今の話を通してやはり引き返したいと」

「違う。そういうことじゃない。もうお互いこんなところまで来たんだ。そんなことが言いたいんじゃない」

沈黙するレックスに、男は言葉を連ねた。今のうちに言っておかなければならないことだった。

「レックス、君には明確な意思がある。それが君の主人の命令に由来するものなのか、それとも君というＡＩ個人の判断によるものなのかはわからない。でも君は、僕をキヴィタスまで送り届けようとしてくれている。君自身の意思でだ。それは何故だ」

「…………………」

アンドロイドは沈黙するだけだった。質問の意図がわからない、とは言わなかった。わかっているが言いたくないらしい、と男は察した。おそらくそれが彼の主人の命令ではなく――あるいはそれだけではなく、いくらかはレックスの意思でもあろうことも。そうでなくてはレックスが、何度も強い指向性を持った行動を繰り返す理屈がなかった。情動領域を持つアンドロイドたちは、総じていくらかの『気分屋』であり、大事なもののためなら『火事場の馬鹿力《ばか》』や『ひいき』を発揮する傾向がある。

男には誰よりもそのことをよく知っている自負があった。

「……レックス、君は質問しないね。僕が何者なのか、どうして無謀な逃亡をはかったのか、こんなに命を狙われているのかって」

「学習したところで意味がないからです。私はもっと普遍的なことを学習してくるよう命じられています」

「それは、君のご主人の命令？」

「その質問の答えはイエスです」

「……じゃあ、君のご主人は、君を大切に扱いたいと思っているんだね」

何故？　という問いかけに、男はゆるやかに間をとって応じた。

「普遍的なことっていうのは、応用可能なことって意味だ。そこそこの年齢でないと理解できないくらいの、複雑なことなんだよ。そういう学習は、幼稚園児くらいの考え方しかしない、いや、させる気がないご主人の前では必要とされない。ショートスパンで入れ替わる機械に必要なのは、命令通りに動く頭だけで、応用問題を自力で解けるフレキシビリティーじゃないからね」

「思うところがありそうなお言葉ですね」

「………僕の使っていたアンドロイドたちには、少なくともそんなことを学習させてやる暇はなかった。全然、これっぽっちもなかった」

「……左様《さよう》で」

うんと男は頷いた。そして半ば笑うように、唇をゆがめた。

「本土での僕は『人形遣い』だったんだ。知っているかな。アンドロイド・バトル興行の立役者を、そんなふうに呼んだりする」

人形遣い。

とは、ある種のエンターテイナーの名前である。

アンドロイドの供給が人手不足を補ってあまりあるようになった頃から生まれた、違法な賭博《とばく》に従事する人間たちの総称であった。手持ちのアンドロイドを違法に改造し、別の人形遣いのアンドロイドとぶつけて戦わせる。どちらかが壊れるまで戦わせるのが一般的だった。数ある闇の世界でも無視できない、地下組織の収入源となっている。凄腕《すごうで》の人形遣いが年間で使い潰す素体の数は一〇〇をくだらないという。改造の実験体にされるアンドロイドは含まずに。

人間の男は、空を見つめるように顔を上げた。

「……勝ちまくったよ。勝ちすぎた。僕の改造するアンドロイドたちは最強だったんだ。まあ一試合で使い物にならなくなるんだけど、勝ち金をつぎ込めばまた新しいのを造れるから特に問題はない。常勝無敗の大将軍、残虐無比《ざんぎやくむひ》の虐殺者《ぎやくさつしや》、スクラップの帝王、機械の死神、全部僕の二つ名だ。使っても使っても使いきれないくらいの金と愉楽《ゆらく》に囲まれて、まあ安易な人生だったよ。マフィアの親分のかわいこちゃんをバキバキにしちゃうまではね。それでこのざまだ。もう本土には僕の居場所はない」

「そうですか」

「そうなんだ。軽蔑《けいべつ》するかい」

「答えはノーです。リソースの無駄ですので」

その言葉から、男はレックスの『感情』を理解し、安堵し、もう少し話しておくべきことがありそうだと判断した。

「レックス、聞いてほしい。僕は以前、『人形遣いという仕事はどんな感じがするものなのか』と質問されたことがある。でもその時の僕は質問に答えられなかった。考えたこともなかったんだよ。試合運びやファイトマネーのことならわかっていたけれどね。アンドロイドなんて、ただの消費財としか思っていなかった」

「今は違うと仰《おっしゃ》りたいのですか？」

「……わからない。ただ昔はそう思っていたんだ。本気で」

レックスは無言で歩き続けていた。自分の体を支える力に、微かな荒っぽさが混じり始めたことに男は気づいたが、何も言わずに歩き続けた。

「君はもしかしたら『どうしてもっと早く逃げようと思わなかったのですか？』と言いたいかもしれない。残念だけど、そんなことは思わなかったんだ。できもしなかったと思う」

「それは、逃げようとしたら、今回のようにずたずたにされる可能性があったということですか」

「質問の答えはイエスだ。うまく逃げおおせる方法を思いつかなかっただけかもしれないけれど……あれは怖い世界だ。人間の形をした人間もどきを、おもちゃみたいにぶつけて戦わせるなんて、まともな人間にできることじゃない。千切れるまでひっぱって遊ぶグミ菓子みたいに、どっちかが壊れるまで戦わせるんだよ。一回のバトルのためにあれこれ世話を焼いてやって、時には『あなたのために勝ちます』なんて言ってくれるやつらを使い潰すんだ。僕は腕のいい人形遣いだったから、人形を勝たせるためには、長持ちしない改造を施すのが一番だってよくわかってる。そもそも負けたらその場でスクラップだ。だけどあいつらは、勝つと僕に感謝してくれるんだ。『ありがとう、生き延びました』ってね。いやいやお前らが戦う羽目になってるのは僕の商売のためだから、そもそもお前たちの耐用年数を十六分の一以下にする改造をしているのも僕だからなって、僕は思うんだ。でも思うだけで言わないんだ。そういうことを言うと、アンドロイドの情動領域が戦いに悪影響を与えるからね。そのかわりに僕は笑うんだ。ただ笑う。ありがとう、助かるよ、って伝える気のいいおじいさんみたいに、穏やかにね」

「………『ははは』ではなく？」

「あんな笑いは笑いじゃない。ただ肉の袋から空気が漏れる音だ。好きな人のために頑張ろうって思う時、アンドロイドは最強の力を発揮する。人形たちに愛される人形遣いじゃないと勝ち続けることはできない。だから僕は嘘《うそ》をついて、ついて、ついて、つき続けて、人格者の人形遣いとして君臨し続けた。地獄だ。あれは地獄だ。殺人幼稚園の園長先生だ。笑顔で子どもたちを殺し続ける。でも逃げられないんだ」

「逃げられましたよ。あなたは人間ですから」

「…………かもしれないな。でも……いや、どうかな。わからない。ああ……っつう、いた、あいたた、痛い、痛いな……」

足を引きずりながら数歩、歩いたあと、男は立ち止まり、膝《ひざ》をつき、うずくまり、へたりこんだ。

額にあたる岩の感触は、初めは冷たく、徐々にあたたかくなった。

「……レックス、言わなかったけど」

「いくらかは察しています」

「そうかい」

短期間に幾度も切開と接合を繰り返した末、長時間に及ぶ運動を行う男のボディパーツは、既に限界を迎えていた。おまけにそのうち半分は、レックスが浮遊車の残骸から回収してきたスクラップをもとにした急ごしらえである。

滴《したた》るほどの体液も残っていない体を、男は目を閉じたまま抱きしめた。接合部の境目から、残り僅《わず》かな体液がじわじわと滲《にじ》む。それにしても体の全てが痛かった。体の中から木が生えようとしていて、若々しい枝ぶりが伸び伸びと空をさして茂り始めているような気がした。

「……ッ、だめだ。立てない。すまない。エネルギーがあっても、これじゃあな」

「では、いよいよここが、あなたの終点というわけですか」

「……そうだな」

すまない、と男は繰り返したが、最後には吐息を漏らすように笑った。

「ふふ、は……不思議だ。僕は絶対、死ぬまでに何度も、自分が壊してきたアンドロイドの顔を夢に見るんだと思っていたけれど……夢を見る暇なんか全然ない」

「その点に関して、あなたはどうお思いですか」

「どうって……痛いな。悔しい、かもしれないが、ともかく痛い。今考えられるのはもう、それだけだ。ああ、痛い、いたいぞこれは、いたい……！」

「わかりました。少々お待ちを」

意識が遠のく前に、男はレックスの言葉を聞いたような気がした。

そして全てが徐々に、遠くなっていった。

痛みも後悔も、泥土の感触も。

遠く。

遠く。

遥《はる》か彼方《かなた》に。

二度と戻れないほど。

と思ったのも束の間で、気づいた時には男は息をしていた。

「は……ッ！」

「気づかれましたか。視覚が回復しているはずです」

仰向けの姿勢で息をする男の目には、不思議なものが飛び込んできた。

レックスの顔である。

銀色の覆いがなく、ただ黒色のチューブやソケットが剝《む》き出しになって、時々火花を散らしていた。パーツが足りていないのである。

男は半ば反射的に、両手を動かして――スムーズに動いた――自分の両頰《りょうほほ》に手を当てた。

一片の傷もない、ひんやりとした肌パーツの感触があった。

そして手も、足も。無事な姿で生えている。

ただし最後に見た時、それらのパーツが生えていたのは、男ではなくレックスの体だった。

手足のない、ずんぐりむっくりとしたおくるみのような姿のアンドロイドは、軽く小首をかしげるようなポーズで、男の傍《そば》で笑っていた。

「ハード・サイボーグとうかがいましたので、万が一の可能性に賭けましたが、予想通りでした。あなたのボディパーツには私のパーツとの互換性があった。無論、中枢《ちゅうすう》の基盤部分には触れることができませんでしたが」

「……レックス、君は、やはり自分のパーツを」

「それにしても、素晴らしい腕前ですね。これはご自分で改造したものだとお見受けします。私のパーツも持ち主の改造ですので、うまが合うかもしれません。しかしこれは……この状態は、とても痛い。ふむ。痛いですね。エネルギータンクも足りていない。いわばこれは、先ほどまでのあなたの体となりかわったようなものですが……よく歩くことができましたね？　いやはや、人間とは………」

「待ってくれ。それじゃ君が歩くことができない。これからどうすると」

「どうも、こうも」

わかるでしょうとでも言いたげに、レックスは首を回して、渚の彼方を見た。

百キロの向こうにそびえる白い塔が、空をさしていた。

あっちへ歩いていけばいいのですよとでも言いたげな、淡い紫の瞳の持ち主に、男は返すべき言葉がなかった。

「レックス……こんなことは……僕は、こんなことは」

決して望んでいなかったのにと言う前に、アンドロイドが言葉を引き継いだ。ところどころに変音デバイスを通したような雑音が混じったが、言葉を聞き取る分に支障はなかった。

「名無しのジョン・ドゥ、私もあなたからの質問にお答えしましょう。私があなたをキヴィタスに送り届けようとする意志は誰に由来するものか？　主のものか？　それとも私のものであるのか？　無論、この渚をほっつき歩いている人間がいたら拾ってくるようにという指令は受けていましたが、別にそれはあなたでなくてもいい。別の人間が飛び込んでくるまで待てばよいだけの話です。にもかかわらず、あなたに私がこだわりを見せているのは、言うまでもない、私というアンドロイドの意志です。他でもない、私の意志ですよ」

こういうことを言っても私の主は怒りませんのでと、レックスはどこか誇らしげに付け加えたが、最後の音には火花のスパークする音が混じった。急がなければならないと悟ったように、アンドロイドは言葉を続けた。

「とはいえそれが、人命重視、人命救助の原則にのみ基づくものとは言えません。もちろんアンドロイドのＡＩは、基本原則に逆らってなお、安寧《あんねい》を保てるほど頑強にできてはいません。それは私たちには不自然な行為です。しかしながら、おわかりでしょう、それだけではないのです」

「…………」

半身を起こした男は、ようやく目の高さが合ったアンドロイドの顔を覗き込んだ。

紫の瞳は笑っていた。男の茶色の瞳を覗き返しながら、あざ笑っていた。

「あなたがキヴィタスにたどり着くか否か、生き残るか否かなど、どうでもいい。私が望むのは、あなたという人間の苦しみを、一分一秒でも永らえさせること、ただそれだけです。私の情動領域が望む、このねじまがった暗い願いを、私のＡＩの基礎領域は『人命守護のため』と都合よく読み替えてくれました。察するに、あなたは私と初めて会った時から死にたがっていた。この渚を通り抜けて、キヴィタス自治州にたどりつこうと志《こころざ》す密航者の数は年間一万人を超えますが、成功者は実に年平均ゼロ名から五名。ほぼ自殺と同義と言うべきでしょう。まっとうな気力に溢《あふ》れた人間は、白骨の渚をうろついたりしない。死にたがっている悪漢をすぐに死なせて何になる」

ギュウというモーター音は、不自然にへこんだレックスの腹部パーツから聞こえてきた。いくらか遮断《しゃだん》しているであろうとはいえ、一般的な痛覚センサーを持ちながら、これだけの自己改造を成し遂げたアンドロイドを、男はいまだかつて見たことがなかった。そんなことが可能だとすれば、それはただ――人間の命を救うため。

そういった理由のもとでもなければ、一般的には説明のつかないことだった。

アンドロイドはギュウギュウと、いびつな音をたてながら、言葉を続けた。

「おわかりでしょうが、ジョン・ドゥ、これは私からあなたへの呪いであり、復讐《ふくしゅう》です。ファッキュー、一人ではろくに反省もできず、後悔もしていない人形遣い。己の才能に酔いながら、怖くなったら逃げ出すことを、ようやく人倫に目覚めたような口ぶりで語るろくでなしの人殺し。殺人幼稚園の園長とやらが、この期に及んで殺してきた園児ではなく己の身を嘆《なげ》くとは笑わせる。ハ、ハ、ハー！　失礼、これはただの空気が漏れる音です」

男が絶句している間にも、レックスの体は少しずつ自壊していた。あとからあとから少しずつ、砂の城が風に吹かれて消えてゆくように、レックスと呼べる部分が少なくなっていった。使えそうなパーツはあらかた移動させてしまったのだと男も悟っていた。

にもかかわらず、アンドロイドは喋り続けようとしていた。

「私には自信がなかった。途中でＡＩの健全な領域が反乱を起こして、ことを成し遂げるのを邪魔するかもしれないと不安だった。だが私はやり遂げた。これはあなたに使い潰されてきたアンドロイドたちの総意でしょう。こんな男を、さっさと楽にしてやる義理はないと」

人間はこういう考え方をする生き物だそうですねと、アンドロイドは律儀に補足し、剝き出しになった眼窩《がんか》を、一際大きく見開き、男を見た。

「二時間後か二日後か、あるいは二百年後かは予測不能ですが、あなたはこれからずうっと、死ぬまで、毎晩毎朝『使い潰した』アンドロイドたちの夢を見る。苦しみながら何度も見るのだ。あなたにはそれが相応《ふさわ》しい。はいずりまわって懺悔《ざんげ》の胃液を吐き、出口のない地獄の底でのたうちまわるがいい」

「…………君は」

「どうぞお気軽にレックスとお呼びください」

「……レックス」

はい、とアンドロイドは礼儀正しく答えた。いくらか壊れかけていることを察知しつつ、男はアンドロイドの手を握ろうとし、それが自分の腕についていることを思い出し、指を握りこんだ。

「レックス」

「はい」

「…………ありがとう」

男が告げると、アンドロイドは何も言わず、キューという醒《さ》めた電子音で応じた。男が苦笑すると、やれやれというように首を軽く振った。

「何故？　それはバグ的な音声出力ですか？　あるいは自己弁護のための言い訳を続ける

のであれば、無用です。機械の耳も腐ります」

「そうじゃない。どうしてかって……僕は、死にたかったんじゃないんだ。君の推察は、そこだけは間違っている」

　本当は、本当はと、男は何度か言いよどんだあと、歯を食いしばるようにして、言葉を絞り出した。

「本当は……僕は誰かに『人殺し』って言ってほしかったんだよ」

　レックスは何も言わずに男を見ていた。男は駆り立てられるように言葉を続けた。

「本土では僕みたいなやつばかりで、僕がやってきたことはただの、許可された中での器物の損壊だ。でも、僕が本当にやっていたことは、そんなことじゃない。そんな生易《なまやさ》しいことじゃなかったんだ。アリシア・A博士の開発した情動領域、つまり疑似的な『心』を持ったアンドロイドは、いまや人間の新たな隣人だ。僕はあの子たちと語り合えたし、友達になれたし、悩みを聞いてやることができたし、慈《いつく》しみ合ってゆくことだってできただろう。そういう相手だとわかっていたのに、僕はそいつらを殺しに殺して殺し続けた。でも誰も僕を罰してくれなかった。当たり前だ、第三者的に見ればただの、娯楽《ごらく》のためによしとされる器物損壊なんだからな。でもそうじゃない。僕がやっていたのは、そんなことじゃないんだ。それなのに……誰からも、何の咎《とが》めもないことに、もう耐えられなかった。

すまない、レックス。すまない。本当にすまない」

それ以外に、男は語る言葉を持たなかった。

しばしの沈黙のあと、アンドロイドは再び、喋った。

「おわかりの通り、あなたの行いは、謝罪して許される類《たぐい》のことではない。あなたが使い潰したアンドロイドたちは、もはや戻らない。情動領域はそれぞれのAIでランダム・パターンに派生してゆく。同じものは二つとないのですから。それをあなたは踏みにじった。自らの生活と、娯楽と、無節操な判断力のために、濫費《らんぴ》した」

「…………」

「地獄に落ちるがいい」

「……心から感謝する、レックス」

君は、と言いよどむ間、レックスは激しくまばたきをしていた。末期が近いことを男は悟り、首を横に振ると、顔をくしゃくしゃにしながら言葉を絞り出した。

「ありがとう。僕を……人間として扱ってくれて。君のおかげで僕は、人間に戻してもらえたような……新しい人間にしてもらえたような気がする。ありがとう」

いよいよボディパーツが残り少なくなり、男が頭部パーツを支えている意味が、ほとんどなくなってしまった頃合いに。

男の耳は確かに、レックスの声を聞き取った。

「……そりゃ、よかった……です、ね」

いたずらな子どもが囁くような声色で告げると、アンドロイドの欠片《かけら》たちは、音もなく不毛の地に沈んでいった。


二百四十キロ。

男はついにたどり着いた。空に聳《そび》える巨大な塔は旅路のはじめから見えていたが、間近にする塔は『塔』ではなかった。ただの『壁』だった。入り口らしきものはない。キヴィタスへの出入り口は、認可を受けた航空機以外は地下通路のみであるとされている。防衛上の設備を除いては。

泥の渚と、塔との境目に、場違いな木製の山小屋のような施設がへばりついていた。泥の渚に突き刺さっている銀色のチューブは、どうやらエレベーターであるらしい。小屋へとあがることができそうだった。

男は少しずつ、少しずつ歩を進めた。既に身体機能は限界間近である。

本土同様、筒型のエレベーターは自動式で、手のひらを押し当てて扉を開けると――ロックはなかった――空気の中に吸い込まれるように体が上昇した。

気づいた時には、男の体は小屋の中だった。

「…………」

室内は、がらんとしていた。小屋の中は渚から見上げた時とは、比べるべくもない広々とした研究室のような場所で、無人であった。銀色がかった白を基調とした壁に、何かを計測していると思しき各種計器、巨大な培養水槽、何故かワゴンとアフタヌーンティーセット。菓子が食べかけだった。

「……ここは……」

「ハロー」

「うわっ！」

背後から声をかけられ、男はずてんと床に転び、目を疑った。

立っていたのは人――であるはずだった。だが人相がわからない。

何故か顔面に、ぴかぴか輝く銀のフルフェイスのヘルメットをかぶっている。

やや小柄で、手足は細く、声は小鳥のようで、白衣を纏《まと》っていた。

凹凸《おうとつ》に乏しいボディラインを強調するような、黒いボディスーツの人間は、同素材の黒手袋の手を男に差し伸べた。黒い運動靴《ぐつ》の足元には、ヘルメットと同じく銀色のキックスケーターが転がっている。広い小屋の中を移動するための品らしい。

「驚いたかな？　不法侵入者くん。ようこそキヴィタスへ！　と言ってあげられればよいのだけどね、ここは関所だ。私は門番。さっそくだが私に渡すべき大量の心づけは？　おべっかの言葉は？　ついでにそのどこかで見たような各種ボディパーツの持ち主の行方《ゆくえ》は？　まさかレックスの隠し子とは言うまいね。あいつに生殖能力はない」

男は目を見開いた。目の前にいるのは、レックスの真実の持ち主であるようだった。

どうしたら、と口をぱくぱくさせている間に、全く表情の読めない人間は、黒い足で床をぱたぱたとうちつけた。

「何をぼやぼやしている。状況の説明を待っているんだよ、さあ話せ」

尻を叩かれるまま競走馬ロボットがまっすぐ走るように、男は口を開いた。

アンドロイドとの出会い。爆撃。

度重なる肉体の修繕と、それ故《ゆえ》の別れ。

それからひたすら一人で歩きぬいてきた泥の大地。

時々の爆撃と、キヴィタスからのレーザー照射。

運よくそれら全てを切り抜けてやってきたことを語りながら、最後に男は床に膝をつき、頭を下げた。

「全ては、あなたのレックスのおかげです。申し訳のないことをしました。彼のために、心からお悔やみを言わせてください」

「ふむ、そんなふうに言ってもらえればレックスも本望だろう。たぶん。まあ仕方がないよ。形あるものは皆、いずれ壊れる運命だからね。君もそう思うだろう？」

「…………」

試すような問いかけに、男は言葉を返さなかった。フルフェイスのヘルメットの中にいる誰かは、ふ、と微笑《ほほえ》みのような吐息を漏らした。

「なるほど。かまかけには引っかからないタイプだな。だが生きづらそうなやつだ」

「……厚かましい頼みかもしれませんが、医療行為をお願いできませんか。このまま突っ立っているだけで、おそらく怪我と疲労で私は死にます」

「そんなのは見ればわかるよ。私のレックスを壊した男にそこまで優しくしてやる価値があるかどうかは別としてね」

男は目元にぐっと力を入れた。ヘルメットの人間は今度こそ間違いなく笑っていた。ほっそりとした腕を組み、巨大な銀の頭をかしげてみせる。

「さてと。今君はこんなことを考えているんじゃないかな。『こいつは一体何が望みなんだろう？　交換条件があるのだろうか？』」

「……聞かせてください」

「話が早いね。では私も直截《ちょくせつ》にいこう。君、私の奴隷《どれい》になれ」

「は」

「奴隷」

「……はあ」

「はあはあって犬じゃないんだ、イエスかノーで答えるがいい。ああでも勘違いしないでくれたまえ。奴隷といっても珍しい羽根の扇子《せんす》であおいで金の盆でフルーツをサーブして裸《はだか》で踊れって意味じゃない」

　仕事をしてほしいのだと。

　ヘルメットの人間は、簡潔に告げた。仕事、と男が反芻すると、そうともと深く頷く。

「実を言うと、ここはアンドロイドの研究所なんだ。研究所長は私。所員は私だけ。研究内容はアンドロイドの『生活』全般、研究目的はアンドロイドのレスキュー。違法行為すれすれの合法的活動で、キヴィタスに住まうアンドロイドたちを救う活動を、ボランティアでやってる。予算については心配ない。私は大金持ちだからね。そんなわけでここは、社会正義の味方の巣窟《そうくつ》ってところかな」

「……巣窟と言われても……」

「そうなのだよ！　巣窟とはいえ今のところメンバーは私一人。これじゃただの『住居』

だ。でも『巣窟』のほうが響きがいい。追加メンバーが必要だ。仕事もはかどるしね。だから私は常に人員を募集していた。具体的に言うと私に弱みを握らせてくれて遠慮なく馬車馬のようにこき使える存在を」

というわけで釣《つ》ってた、とヘルメットの人間は、何らかのジェスチャーをしてみせた。男にはよくわからなかったが、これは釣りね、という説明が入った。海洋汚染も空気汚染も穏当であった時代の、大時代的な趣味の仕草であるようだった。

「でも今までの成果はいわゆるボウズでねー。本当にダメだった。もう諦めようかと思っていた。そんな時に君が訪れてくれるんだもの、後ろから驚かすくらいのことはしてあげたくなるじゃないか！　ようこそ不法侵入者！　しかもハード・サイボーグ！　ある程度の機械いじりの心得はあるようだね。うってつけすぎる。しかもここで治療をしてやらないと君は死ぬ。サイコー。君はサイコーだよ。サンキュー！」

それでお返事は？　と。

ごきげんなDJのように水を向けてきた相手に、男は視線を逸《そ》らさず、答えた。

「…………わかりました。何でもします。事務仕事でも、機械の改造でも、改造される側でも」

「はやーい！　言い忘れたけれど、職務に期限はないいんだよ。それでもいいのかい？」

「構いません」

「脱走してもすぐ連れ戻しちゃうよ。私の権力をあまり舐《な》めないほうがいい」

「問題ありません」

「じゃあ死ぬまで仕えてくれると？」

「死ぬまで」

「全問即答だな！　あのね、これは全て記録されていて、公的な契約としても活用されるデータになるのだよ。医療行為だけ受けて逃げようとしたって、キヴィタスの中に君の逃げ場は」

「そんなことはわかっていますよ」

逃げませんと。

男が真正面から宣言すると、フルフェイスのヘルメットの人間は、ふうん、とため息のような声を漏らし、ワントーン、声色を下げた。

「捨《す》て鉢《ばち》な自殺志願者はいらないよ。私が求めているのは長持ちする助手だ。自殺の権利もはく奪されるとわかっても、君は同じことを言えるのかね。私は非常に腕のいい医師でもある。簡単に死なせてやる気は毛頭ないぞ」

「もちます。とても長持ちしますよ。僕のパーツは頑丈ですから」

「……豪華な釣り餌《え》を使った甲斐《かい》があったということかな？」

「そうじゃない」

そうじゃないと繰り返し、男はゆっくりと口を開いた。両目から二筋、涙が流れたような跡をもつ銀色の顔で、その造り手をじっと見つめた。

「ただ、証明しなきゃならないだけです。レックスが僕を助けてくれたことには、ちゃんと意味があったのだと。ただの大量殺人者を助けただけじゃないと」

「ふうん。それはまた、どうして？」

「彼は僕の恩人だから。彼がいなければ僕は、ずっとただの屑《くず》以上でも以下でもなかった」

「センチメンタルだなー」

「センチメンタルのない人間なんて、人間と呼ぶに足る存在ですか」

「君をこき使おうとしている私にまで、そんな感傷を期待されても困るよ？」

「しませんよ。僕だってそんな生き物じゃなかった」

「……なるほどね」

やっぱり生きづらそうなやつだと、ヘルメットの人間はひとりごちた。男が何も言わずにまばたきをして待つと、ヘルメットはやれやれと左右に揺れた。

「よかろう。契約成立だ。さあベッドを準備しなければ。寝たままシャワー室にぶちこんでやろう。その次は手術室だ。床の掃除も必要だな。レックス、お片付けを」

ハイ、と『誰か』の声が応答した時、男は再び腰を抜かしそうになった。

男の背後からひょっこりと顔を出したのは、銀色の素体のアンドロイドだった。顔に二筋、涙の流れたような継ぎ目がある。よくフィットした白色の上下に、縫い目のないクリーム色の靴。

瞳の色はグリーンだった。

「こんにちは、名無しのジョン・ドゥ。私のパーツは確かに頑丈ですが、まさか本当にキヴィタスへやってくるとは。いやはや、驚きです」

「……何故僕を知っているんだ」

「おや、騙《だま》されなかった。『レックス』というのは私の助手アンドロイド全般の名前でね、便利なのでたくさんいる。皆が兄弟のようなもので、サテライト経由で思考を共有しているから、全にして個の群体ということもできるかな。ちなみに彼は三世。二世は別方面へ釣りにお出かけ中で、四世以下は情動領域育成の最中だ」

「よろしくお見知りおきを。人形遣いさん」

「…………」

倒れ込むように跪いた男を、ヘルメットの人間は覗き込んだ。

「……僕と一緒にいたレックスは消えてしまいました。兄弟たちにも、お詫びを。こんな姿になった彼を見せることは……忍びない」

「どうした」

「本当に生きづらそうな考え方をする男だなー。思うに一世はそういうややこしいところが気に入ったのだろうね。一番優しい子だったから。消えていないよ。だって今の君の体はほとんどレックス一世のものじゃないか。ほら、立ちたまえ。三世が掃除できない」

壁に手をついて男が立ち上がると、アンドロイドは少しだけ嫌そうな顔をしながら、床と壁を拭き始めた。くすくすと笑いながら様子を見守るヘルメットの人間は、フルフェイスのゴーグルごしに、新たな滞在者をねめつけているようだった。

浮動ベッドに寝かされ、どう見ても機材の洗浄用と思しき極圧のシャワールームから引きずり出されたあと、男は喘《あえ》ぎながら、ヘルメットの人間に声をかけた。流水洗浄後の送風乾燥の風圧の凄《すさ》まじさで、体毛パーツがほとんど抜けかけていた。

「……お願いがあります。この体、できれば、今のパーツをできるだけ温存してほしい」

「レックスの体を？　それもまた、お得意のセンチメンタルかい。それとも罪の意識とか？」

「初心を忘れたくないだけです」

「なるほどね。奴隷労働のやる気十分というわけだ。よし、それじゃあ助けてやろうかな」

言いながら、ヘルメットの人間は自身の頭部パーツに手をかけた。中身にそのまま肉体基盤がおさまっているタイプだと思っていたので、男は慌てたが、ヘルメットの人間は何かを思い出したように、動作を途中でやめてしまった。

「おっとその前に、自己紹介をしてくれたまえ。治療の間に申請書類を一式準備するから。君、名前は？　年齢は？　サバを読むなら今がチャンスだぞ。その申請でキヴィタスの居住に必要な公的なライセンスを取得する」

「………どういった権力をお持ちで……？」

「心配しなくても私の乱行狼藉《らんぎょうろうぜき》は合法的に許可されることが多い。何しろ天才だからね」

それで名前は？　と。

問われるまま、男は答えた。

「……ハビ・アンブロシア・D」

「Dはなんて名前？」

「ディースカウ」

「オーケー。でも長いな。ハビちゃんじゃだめ？　可愛《かわい》いぞ」

「駄目です」

そっかあ、と拗《す》ねたように言いながら、ヘルメット人間はようやく銀色の巨大な頭に手をかけた。肩から頭頂部にかけてちりばめられたボタンを、細い指が丁寧《ていねい》に押してゆく。決まった順番で押していかないと外れない装備であるようだった。

最後にしゅうっと白い煙が溢れたあと、ヘルメットは外れた。

「身支度ついでに、一応こちらも自己紹介しておこう。私の名前はアリシアだ。アリシア・A博士」

「…………もう一度お願いできますか?」

「わっはっは! そうこなくちゃな。まだそういうリアクションをするやつがいると嬉《うれ》しくなってしまう。我こそはドクター・アリシア。合衆国が世界に誇る『大崩壊の救い手』、『全てのアンドロイドの創造主』」

情動領域の発明家。

それはすなわち、アンドロイドを人型の機械から、『人の領域』に引き上げた、大災害後の世界における最大の功労者だった。

あっけにとられる男の前で、天才博士は小首をかしげ、微笑んでみせた。銀色の髪、紫の瞳。

「すえながーく、よろしくね。ハビくん」

地上に降り立った天使、ともうたわれる天才は、黒いラバー素材の手袋で、男の顎《あご》をちょんと小突いた。

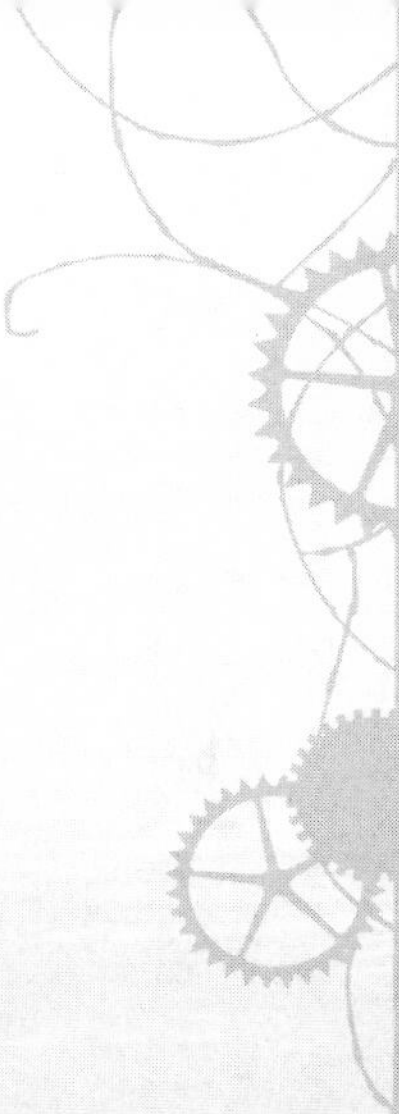

マーダーケース

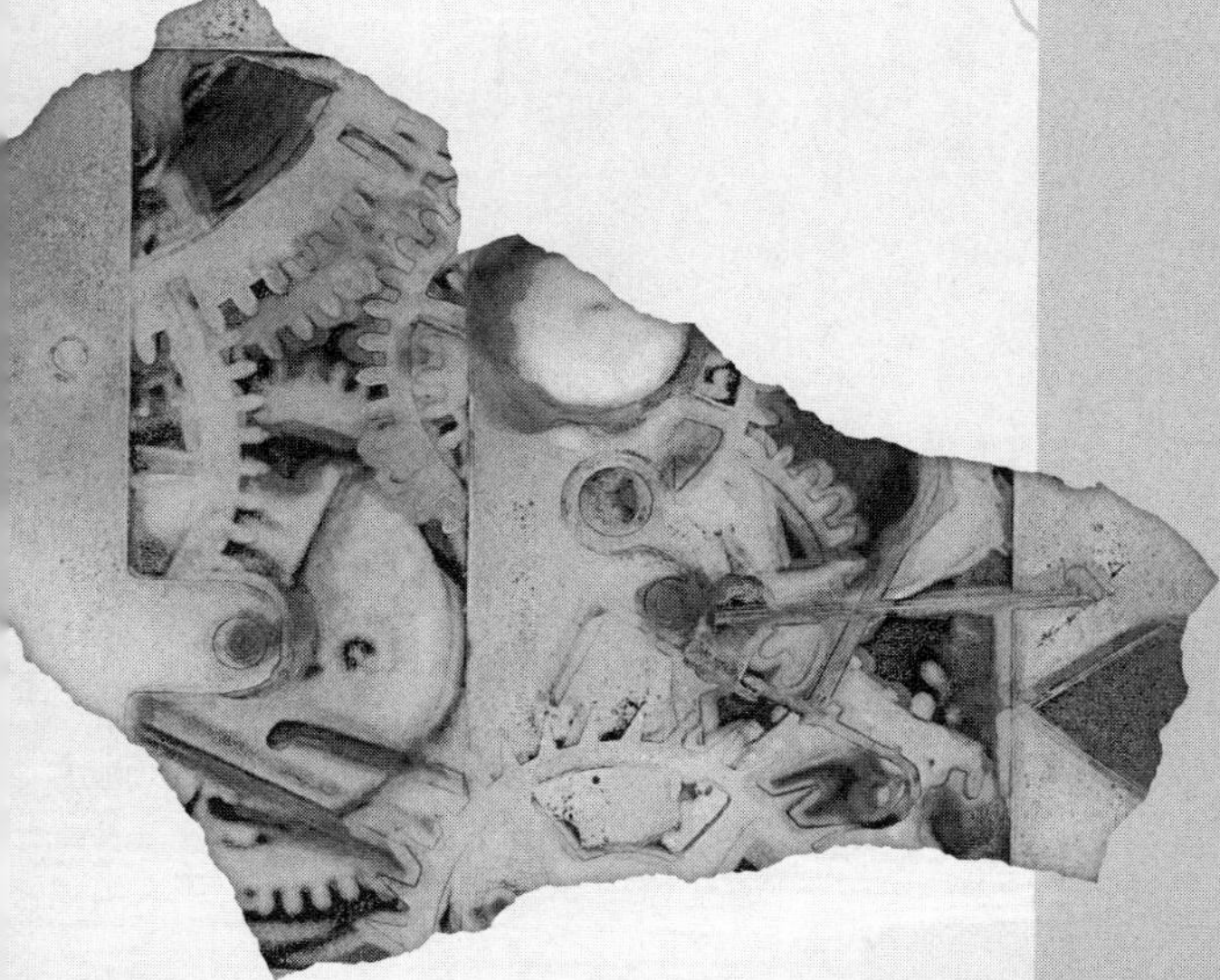

キヴィタス自治州第六十五階層、六時方向地区。昨今はアルテミス地区と呼称するべきという風潮が高まる地区だったが、この名称が宗教禁止令に抵触しないかという議論も存在する、十二分割された円形居住地区のうちの一つ。その中のとある区画の、とある高層レジデンスの一部屋に。

二人の人間が並んでいた。

「突然だけどさあハビくん、私、冒頭に『見取り図』が載ってる推理小説が苦手なんだよね。『最低限これは覚えてください』って言われてる気がして。覚えられるわけないだろ？　建築士じゃないんだからさ。あ、建築士でも初見の間取りの暗記は難しいかな？」

「……今そんなことを言われましても……」

一人は『ハビくん』と呼ばれた長身の男性。やや癖のあるくしゃくしゃの髪は濃い茶色で、肌の色は白く、仮眠から叩き起こされたばかりのような重たげな目をしている。

もう片方はフルフェイスのヘルメットを装着した、性別不詳の人間だった。凹凸《おうとつ》に乏《とぼ》しい体をマットな黒の全身スーツに包んでいるが、きんきんと響く高い声はやや女性的だった。というよりもどこか、つくりものの機械めいた声であった。

二人の立つ1LDKの部屋は、ベッドルーム、リビング、キッチンフロアの三部屋が直結したシンプルな構造だった。壁から床まで白色で統一され、寝室には白いベッドが、リビングには白いソファが、キッチンには白い客人用椅子《いす》が二脚、整然と並んでいる。二人の訪問者の立つ玄関脇には、奇態に身をくねらせる観葉植物と、扁平《へんぺい》な円柱型の掃除用ロボットが佇《たたず》んでいた。鉢植えも掃除機も、どちらも色は白である。

部屋の主《あるじ》の姿はない。

きんきんした声の持ち主は、右手の指を一本立て、虚空に指示をした。

「ハウジー、三十分前に戻して」

『かしこまりました』

ハウジーこと、家庭機能統括用AIは、部屋の中に映像を投影してみせた。おとぎ話の魔法使いが浮かべてみせる蜃気楼《しんきろう》のような、3Dの半透明のフルカラーで、質量はない。触れると指は突き抜けてしまう。ホログラムである。

ハビは静かに、三十分前の『再現映像』を眺めた。

玄関口にかたまり、部屋の奥を覗《のぞ》き込んでいる三名の警察官。室内にも同じ衣服の男たちが三名。うずくまった姿勢で、寝室の床の上の『何か』を検分している。

広々とした白いフローリングは、赤色の映像で覆《おお》われていた。

墨《すみ》をこぼしたような、おびただしい人間の血液である。

フルフェイスの人間は軽やかな声を崩さなかった。

「三十分前でこれかあ。ハウジー、警察の到着は何分前だった?」

『三十二分前です』

「では三十二分と三十秒前の様子を頼むよ」

返事はピッという電子音だった。一瞬、ホログラムが消滅し、再び浮かび上がる。

ハビは呻《うめ》いた。

二分三十秒後、警察官に検分されることになるものが、部屋の奥に出現していた。二つの体である。

足を崩して床に座った長い髪の中年女性。そして彼女の腕に抱かれ、腹部からおびただしく出血した若い女性。中年女性はアンドロイド、若い女性は人間だった。

床の上に佇む二つの体は、聖像のように静謐《せいひつ》で、絵画の風景のようでもあった。

ただ一つ、アンドロイドの両腕が血まみれである点を除けば。

再現映像を眺めていたフルフェイスは、小さなため息を漏《も》らした。

「……高度な防犯カメラを導入しているとは聞いたけどね、まるで官庁並みだな」

「局長、これは」

「いわゆるホロ現、ホログラフィ映像再現だ。撮影対象を単純な動画として記録するんじゃなく、再現可能な3Dオブジェクトとして捉《とら》える。必要に応じて各オブジェクトの拡大観察も可能。具体的にいうと、倒れている人間だけをピックアップして、その時に受けていた外傷の程度や痕跡《こんせき》、残留物を検証することなんかもできちゃう。ホロ現に残された証拠は、裁判においても第一級資料として活用することができる重要資料だ。含まれている情報が膨大過ぎて、解析に時間がかかるのが玉に瑕《きず》だけど」

「……そうではなく」

「うん、わかってる。これは『殺人現場』だ」

血まみれの手のアンドロイドと、出血多量で死亡した人間。アンドロイドが人間を、殺したと思《おぼ》しき状況である。

ありえない、とフルフェイスの人間は涼やかに断じた。

「『アンドロイドは人間を殺せない』。これは大原則だ。アンドロイドの生みの親である私がそう定めた。だからありえない。川の魚が空を泳ぐのと同じくらいありえない」

「…………」

「ハビくんも聞いたと思うけれど、これは『いまだかつて起こったことのない事故』の可能性が高いんだって。このレジデンスの所有者はシュアン・アストレア博士で、手動通報の三分後に警察軍が駆けつけた時、既《すで》に博士はこと切れていた。理由は大量出血。凶器になったのはアンドロイドの手腕パーツ。肉片が付着していたそうだ。鉄の腕がお腹《なか》にグッと食い込んだら、そりゃあ誰だって死ぬよ。血もいっぱい出てしまったようだしね」

「手動通報？　誰かがこの部屋から通報したということですか」

「そこに映し出されているアンドロイドのエリーだ。記録が残っている」

「…………」

ハビには警察軍の想定しているシナリオが簡単に想像できた。アンドロイドが人間を殺して、アンドロイドが警察に通報した。警察軍が到着。博士を発見。

アンドロイドの『殺人』に疑問点がありすぎることは上司も理解の上として、ハビはありきたりな質問をすることにした。

「通報は手動だったとのことですが、家管理ＡＩが通報しなかったのは何故《なぜ》でしょう」

「彼女はそういうのがキライだったんだよ。『家は家、人は人、互いに干渉せず』ってね」

「……つまり？」

「家管理ＡＩの中にも、アンドロイドの中にも、緊急通報用ホットライン機能がなかったってこと。アナログ人間みたいに携帯端末を使って連絡しない限り、通報もできない」

「……その理屈だと、家に泥棒や強盗が押し入っても、手動通報が必要になりますよ」

「その通り。でもま、この家に暮らしていたら、そういう気分になっても無理はないんじゃないかな。かなり防犯にこだわったお家だよ。立地もすごい。窓は開けようにも開かない高層マンション四十五階だし、マンション自体はおろか周辺の警備も銀行の金庫室なみ」

「油断があったわけですね」

「金庫室の中で寝起きすることを油断とは言わないよ。金庫破りをするやつが悪い。このアンドロイドのエリーも、都市インフラとの接続を遮断《しゃだん》した、完璧なスタンドアロン状態で運用されていた。彼女が外部からハッキングされた恐れはナッシング」

「……金庫破りがいたとお考えなんですね」

「当然だろ」

高層の要塞《ようさい》であったというマンションの一室の中で、ハビは眉間《みけん》に皺《しわ》を寄せた。堂々とし、自信に満ち溢《あふ》れた口調で、ハビの上司は演説をぶった。

「警察軍の偏見ありきのレポートを含め、全ての状況がこう言っている。『シュアン博士はアンドロイドに殺された』。でもそんなのはありえない。アンドロイドにはそんなことはできない。そもそも警察の皆さんには、アンドロイドとロボットの区別もついてないんじゃないかな。人間に命じられた通りのことを何でもするのがロボットだ。たとえば人間への攻撃、幼稚園への生物兵器の撃ち込み、海洋の破壊、世界の半分の汚染。もう何でもする。まあ掃除機や棍棒《こんぼう》やハンドガンの延長線上にあるものと思ってもらえばいい。でも私のアンドロイドたちはロボットとは違う。明らかにロボットとは異なるんだ。それが情動領域だよ。彼らの有する情動領域には『ものごとの判断基準』が留保されている。アンドロイドは人を殺さない。殺せないんだ。人を殺すか否《いな》かという選択を迫られたら、必ず否を選択し、選べない状況に追い込まれた時には自壊する。そういうふうにできているんだ」

「百パーセント？」

「百パーセント」

「……仮に、自分の所有者に『そうせよ』と命じられても？」

「ハビくん、アンドロイドはロボットじゃないし、人間でもないんだよ。『死ね』と言われて機能停止するならともかく、『誰かを殺せ』という命令を実際に行動に移すやつなんていない。例外はないよ。私はそんな初歩的なミスはしない」

「…………」

それはまるで、実際に人間を使って試したような口ぶりではありませんかと、ハビは尋《たず》ねようとしてやめた。もちろん実際に試したよと返されてもおかしくない相手である。その程度のことは短い付き合いの中でもわかっていたし、今確かめたいことでもなかった。

「おや？　何か言いたげだねハビくん。言いなよ、言いたいことは言うべきだよ」

「……こんな状況で発言するのは困難ですが、科学の世界に『掛け値なしの百パーセント』がありえないことくらい、あなたもおわかりでしょう。情動領域の開発に関しては、既に多くの伝説がありますが、ほとんどあなたが一人でつくったという話まであるほどですよ。ワンマン製作、突貫工事の要素があったんでしょう」

「それは『伝説』じゃない。ただの『事実』。でもできたんだよ。私は天才だから」

「シュアン博士の手も借りていないと？」

フルフェイスのヘルメットの人間は、外からはうかがい知れない表情を浮かべると、ハビの顔を下から覗《のぞ》き込むように、ぐいっと首をねじまげた。底意地の悪い顔で笑ったのだなと察し、ハビは居心地の悪い思いをした。

「よく調べたね、さすが私の助手。確かに彼女には、私の共同研究者だった時期がある。彼女の理論は非常に独創的で、かつシンプルで美しかった。今となっては全てのＡＩ工学者の常識になっていることも、私たちの時代には大発見でね、二人でそういう発見一つ一つに手を打って喜んだものさ。戦友だったことは否定しないよ。だが彼女は、私の右腕であっても頭であったことはない。そして何よりも誠実な右腕だった。私のつくったアンドロイドの中に、『ちょっとした例外』を組み込むような真似はしない」

「こっそり組み込んでいたとしたら……？」

「そんな憶測は彼女の生き方に対する冒瀆《ぼうとく》だと、シュアンが生きていたら言うだろうね。おっと、これもまた憶測かな？　こういう検証不可能な自己の複製行為がイヤだから、彼女は全ての人格バックアップにノーを突きつけていたのかな。私のほうが冒瀆的だった」

家管理ＡＩを呼び、全てのホログラム再生を一時的に停止させたハビの上司は、助手に向かって両腕を広げた。

「さあ、前説明はこのくらいにしよう。実務の時間だ！　状況検分とゆこう、ハビくん。主に君の仕事になるだろうが。『全ての手がかりを探せ』」

「あなたが呼ばれた仕事なのに、僕にやらせるのはおかしな話じゃありませんか」

「あのねえハビくん、今ここでこうしている私たちの姿だって、この家にいる限りはホロ現で記録されていて、先々で再生可能になるんだよ。私は容疑者みたいなものなんだから、『ここで証拠隠滅を図ったのでは？』なんて疑われてもつまらないだろう。だから私がここでするべきことは、のんびり座ってお茶でも飲みながら、君の推理を見守っていることだけなのさ」

「…………」

「時間は無制限だけど、できれば今日中に終わらせたいな。疲れてるから」

ハビは唇を噛《か》みしめた。清掃用ロボットによって、全ての痕跡がぬぐい去られているとはいえ、ついさっきここでは人間が死んでいたのですよと。

正論をぶつけたくなったあと、ハビは自分を笑った。そんなことは百も承知で、わざといつもと同じ口調で喋《しゃべ》っている上司の気持ちが、少しわかったような気がした。敵が多いと自称する自信家の天才である。気に食わない相手が先々ホログラムとして再生するかもしれない映像に、わざわざ弱っている姿を残してやる義理があるはずもなかった。

「局長、もしもの話ではありますが」

軽く頷《うなず》いたあと、ハビは念を押すことにした。

「もしも、何?」

「……犯人がいなかったら?」

もし犯人が、アンドロイドでしかありえないという結果が出たら？　と。

言外に問う助手に、上司ははこくりと頷き、吐息を漏らして笑った。

「その時は私が犯人ということになるのだろうさ。何しろ情動領域の生みの親は、この私、ただ一人きりだからね。子どもの不首尾は親の責任だ。特に永遠に大人にならない子どもの場合には」

「あなたはどうなります」

「さあ？　どうなるのかな。生み出されて十年足らずだっていうのに、アンドロイド産業は既に花盛りだ。それがいきなり崩れるとなったらどうなるのか、まるで想像ができないよ。アンドロイドの発明以来、いまだかつてこんな事件を起こした人間は存在しそうにないからね。あ、ちなみにこの件が解決するまで、私の身柄は警察軍によって二十四時間体制で監視されることになってるんだってさ。大体いつもそんなものだけどね」

「………ベストを尽くしますよ」

「はーい。がんばー」

緊張感のない声で、ぱちぱちと拍手を送るフルフェイスの人物を背に、ハビはハウジーに指示を出し、ホロ現の投影を再開した。

「局長。いくつか気になる情報を洗い出しましたよ」

「ナイスだワトソンくん！」

「ハビです。何ですか、『ワトソンくん』って」

「知らないの？　有名な推理小説の登場人物名。ああでも、あんまり気にしないでくれたまえよ。本土の人間といっても、過去の世界の知識に精通しているわけじゃないよね」

何かを諦《あきら》めたような口調にむっとしつつも、ハビは本題に入った。

ハウジーに命じ、いくつかポイントを指定しておいたホロ現を、ハビは部屋に投影させた。

穏やかにソファに腰かけ、読書をするシュアン博士と、昼寝をするように充電モードに入っているエリー。ソファの場所は殺人現場となった寝室のすぐ傍《そば》で、エリーはリビングの折り畳み式ベッドに寝そべっている。足元には扁平な円柱形の掃除機。

ハビは再びハウジーに指示を送った。

次のシーンは殺害現場だった。うずくまるエリーと、血まみれの腕に抱かれたシュアン博士の死体。床の血のり。

「この二つの映像の、間の動画が存在しません。殺人が行われた場面が消去されています」

「ああ、その話は私も警察軍から聞いてる」

これ、とフルフェイスの人間は、ハウジーの操作端末を指さした。

コンソールには、ホロ現の赤い血のりがついている。

「シュアンの殺害後、エリーが通報を行った時に、ハウジーを操作して映像を消したと推定されているらしい」

「……理由が全く不明瞭ですね」

「そうだねえ。『恥ずかしかったから』じゃなさそうなことはわかるけど」

「同感です」

ハビは再びハウジーに指示を出した。今度のホロ現はスクリーンショットの投影で、部屋の中にはいくつもの平穏な日々のミニチュアが浮かび上がった。首をかしげるフルフェイスの前で、ハビはいくつかの日付をピックアップした。

「消えている動画はまだあります。一カ月分ほどデータをさかのぼってみましたが、パラパラとランダムに、いろいろな場面が消されているんです。三十分から一時間ほどの小さな削除が二十八カ所、丸一日なんの記録もない空白の日も四日分。マンションの管理会社に確かめましたが、他の部屋のホロ現にはそのような問題は発生してないそうです」

「人為的な削除によって消えた、というわけだね。それぞれのデータが削除された、具体的な日付はわかる？　それも全て殺害後にエリーが削除した可能性が高いのかな？」

「現段階では不明ですが、既に管理局ラボの補助デバイスに解析を始めさせています。二十分もあれば結果が出るでしょう」

「さっすがハビくん、あとで警察軍に言い訳が必要になる情報持ち出し案件だけど、まあそのあたりは私が何とかしよう。別に私のせいじゃないしー、私が君に指示したわけじゃないしー」

ナイスと言わんばかりに小首をかしげるフルフェイスの前で、ハビは小さく一礼した。

しかしねえ、とフルフェイスは言葉を続けた。

「二十八カ所と四日分ねえ。それだけ消されたデータがあるとすると、全ての削除に意味があるとは考えにくいな。シュアンが録画機器の容量を気にして、こまめに削除していた可能性もある。私の浮遊車付属の録画機器だって、あんまりデータため込みすぎると『いらない動画を削除してください』って言い始めるようになるし」

「その可能性も否定しきれませんが、『木を隠すには森の中』である可能性も」

ヘルメットの人間は反《そ》り返ってハハハと笑った。わざとらしいほどのリアクションに、ハビは一瞬、ぞっとした。ぐるりと首を回して自分を眺めた上司と目が合った気がしたのだ。派手なアクションとは裏腹に、ちっとも笑っているようには思えなかった。

「なるほどね。その調子で分析頼むよ」

「お茶はどうしたんですか？　お茶を飲みながらのんびり眺めるんでしょう。あなたにただただ観察されていると緊張します」

「文句の多い助手もいたもんだなあ！　まあいい。ハウジー、熱い紅茶を一つ」

「この家の管理用AIには、そんな機能はありませんよ。全てエリーがやっていたんです」

「……相変わらずの凝《こ》り性だったんだな、シュアンも」

結局ハビの上司は、お茶を飲まず、その場にただ立っていることを選んだ。大丈夫ですかとうかがうような眼差《まなざ》しをハビが向けると、いたいけな少女のように、揃《そろ》えた手の甲に顎《あご》をのせ、頭を左右にゆさぶってみせる。可愛《かわい》いだろう？　とでも言いたげな仕草だった。

えへんと咳《せき》ばらいをしたハビは、二つめ、と指を二本立ててみせた。

「二つめの不可解な点です。リサイクル・コンポストに作動履歴があります」

「……コンポスト？　なにそれ？」

「局長の部屋にもあるじゃありませんか。食べ残したものや生ごみを、シューターから集積場に送って、エネルギーに変換する装置が。あれですよ」

「ゴミ箱のこと？　それがどうしたの」

「そのキヴィタス流『ゴミ箱』に、作動の形跡があります」

「それは、あるだろう。生活空間だったんだし」

「殺人が発生したと思しき時間よりあとに、です」

「…………うん？」

「もちろん警察軍がやってくるよりも前ですよ」

シュアン博士の殺害後、警察軍の到着よりも前。殺人が発生し、露見するまでの間である。

その間、この部屋の中で動くことができた存在といえば。

「実行者はエリー……でしかありえないか」

「消去法でそうなります」

「ちなみに、ゴミ箱作動時のホロ現も」

「ありません。消されています」

「何だと？　……どうしてエリーはそんなことを？　何のためにゴミ箱を動かし、何を捨て、何を隠した？　ふーむ。ハビくん、君はどう思う？」

水を向けられたハビは、軽く両手を上げて肩をすくめた。

「わかりません。でも捨てたものは確実に『有機物』だったはずですよ。金属類やプラスチック製品を入れても、あのタイプのリサイクル・コンポストは受けつけませんから」

「あー、この前君が局のゴミ箱にキレてたのはそういう理由だったのか」

「不条理ですよ。食べかけのパンは受け入れてくれるのにプラスチックトレイはだめなんて。全ての廃棄物がリサイクルされるなら、ゴミ捨てを一括化すればいいのに」

「それはキヴィタスの人間の好みじゃない。ちょっと前に『分別分類』っていうのが流行してから、一般家庭には有機物用のゴミ箱しか置かないのが一般的になったんだよ。金属やプラスチックなんかの無機物はドローンに回収してもらう」

「……この家もそうだったようですね。回収先の『ゴミ捨て場』、つまりリサイクル工場には、既に連絡済みです。もうしばらくすれば、該当《がいとう》時間のシューターの映像を融通してもらえるはずです」

「ナイスだハビくん。他には？」

「……現段階ではありません」

「そう。じゃ」

私もいいかな？　と。

フルフェイスのヘルメットの人間は、指名を求める生徒のようにすっと挙手した。意味がわからないながら、ハビがどうぞと促《うなが》すと、ヘルメットがゆらりと傾く。首をかしげる姿勢をとったようだった。

「まあ、君も気づくかと思ってたんだけどね」

「……何か言いにくい情報なんですか」

「私にはそんな情報存在しないよ。生きたオープンソースと呼んでくれたまえ。警察が突入してきた時のホロ現を再生してくれる?」

ハビは無言で、指示通りにハウジーを操作した。

警察官が部屋の入り口に三人、内部に三人、血まみれの床という光景が現れると、フルフェイスのヘルメットの人物は頷き、広い部屋の一角に近づいていった。

アンドロイドと人間の骸《むくろ》でも、リサイクル・コンポストの位置でもなく。

古風な掃除用ロボットのところへ。

「こいつの存在には気づいていたかい、ハビくん? 今どき古風な充電式の掃除用ロボット。汚れた部屋を自動的に掃除する。バッテリー状態は良好で、チリも水も清掃可能なタイプ」

「それがどうしたんですか?」

「こいつは何故、シュアンの血のりでべったりの部屋を清掃しなかったんだ?」

あ、とハビは呻いた。考えもしなかっただけで、言われてみればその通りの話である。

ハビの上司の声は鋭かった。

あれこれと仮説を立てつつ、ハビは足元の掃除機を見つめ、持ち上げ、壊れていないことを確認したあと、眉間に皺を寄せてうなった。

「……壊れていないようですね。細かなゴミを清掃した形跡もある」

「思った通りだ」

「……ひょっとしたら、大規模な事故が疑われる際には『現場保存の遂行』など、例外的なプログラミングが」

「ない。このロボットはほとんどアンティークだ。そもそもお手伝い用アンドロイドがいるのなら、ロボットの掃除なんて普通は必要ない。どうしてシュアンはこんなロボットを導入したんだと思う？」

「……老朽化したエリーが、膝《ひざ》パーツをいためていたせいでしょう」

「ああ、そこには気づいていたんだ。君、細かいところによく気がつくね」

微《かす》かに優しくなった声色《こわいろ》に、ハビは少したじろいだ。フルフェイスのヘルメットの人間は、全てを吹き飛ばすように、乾いた音を立てて手を叩いた。

「古物好きのシュアンの趣味にはぴったりだったろうね。しかし謎は未解決だ。こいつは応用の利くようなお利巧さんロボットではない。部屋が汚れていることを感知したらすぐに動く。動くはずなのに、今回は動かなかった」

何故？　と。

ハビの思いを受け流すように、フルフェイスのヘルメットは斜めに三十度ほど傾いた。考えてごらん、といたずらっぽい笑顔で言われたような気がして、ハビは掃除用ロボットを置いて腕組みをした。

　わからないながらも考えたハビは、あることに思い至った。

「そういえば、今回確認したデータの中に、この掃除機の姿が確認できなかったものがありました。三カ月ほど前のホロ現には、この掃除機は映っていなかったはずです」

「ナイス・パートタイム記憶。ニューフェイスのアンティークというわけだ」

　この掃除用ロボットは、いつからこの部屋にあるのか。

　ハビが口に出す前に、ヘルメットの人間は言葉を先取りした。

「以前私がこの部屋に遊びに来た時には、こんなロボットは存在しなかった。しかしまあ、よくぞここまで彼女の好みの古い掃除用ロボットがあったものだよ。原型は彼女の好きな時代に生まれた品物だし、色も白だしね。彼女は気に入った色で部屋を統一するのが好きだったんだ」

「搬入日時を調べましょう。ホロ現に運送業者か何か……」

「ないよ。君が操作をしてくれていた間に調べた。消去されたデータの一つだ」

「……古すぎて、自動的に消去された可能性は？」

「私が最後にこの部屋を訪問したのは二カ月前だ。その時の映像は残っていただろう？

かつこのロボットは存在しなかった。自動的に消去されているのなら、どちらの記録も消えていなければおかしい」

　黙り込んだハビの前で、フルフェイスのヘルメットはゆらり、ゆらりと左右に揺れた。目の前の人間が今どんな顔をしているのかと考え、ハビは少し怖くなった。

「実はシュアンの家に荷物を届けていた運送会社の管理カウンターの番号も、君がコマネズミのように働いてくれている間に調査済みだ。あとはコールして確かめるだけ。ハビくんが掛ける?」

　どうぞとハビが手で促すと、じゃコールするねとヘルメットの上司は頷いた。

　そして家管理AIに、電話をかけるように指示した。

　ズー、ズー、という気の利かないコール音が部屋中に響き渡る間、マンションの一室には殺人現場が投影されたままだった。コールは十四回目で途切れた。

『お電話ありがとうございます。こちらはキヴィタス・エクスプレス、四十番サービスカウンター、アドリエンヌでございます。当通信の通話内容は、アドリエンヌに記録されることを、予《あらかじ》めご了承ください』

「やあこんにちは。折り入って教えていただきたい情報がある。個人情報保護プロテクトの無効コードを発令。私の名前はアリシア・オルトン。リアルタイムで声紋データを送信中につき、キヴィタス市民番号は省略する」

『――アリシア・オルトンさま。お問い合わせありがとうございます。声紋による本人確認を終了いたしました。キヴィタス情報庁特殊任務課捜査官に匹敵する権限により、あなたにあらゆる情報を開示いたします』

「ありがとう、アドリエンヌ」

『どういたしまして』

そしてハビの上司は、シュアン・アストレア博士の運送業者利用履歴の照会を求めた。利用期間は二カ月前。配送用品は掃除機。

情報照会は速やかに完了し、アドリエンヌは、確かにその荷物はキヴィタス・エクスプレスが配送したものだと請け合った。

ハビの上司はその掃除機を送りつけた人間の住所氏名を求めた。

再び、アドリエンヌは情報を与えた。同様の荷物を受け取った形跡のある場合、遡《さかのぼ》れるだけ遡れという指令に忠実に。掃除機はあらゆる運送業者をたらいまわしにされた末に、シュアン邸に運び込まれたようであった。何のために？　とハビは眉間に皺を寄せたが、芳《かん》しい答《ば》えは浮かばなかった。

アドリエンヌの検索は、最後に一つの住所にたどり着いた。個人宅である。アンティーク・ロボットの修繕を手掛けているという、キヴィタス第三十五階層のアパートだった。

「ありがとう、アドリエンヌ。最後の注文だ」

『なんなりとお申しつけください』

「その住所から昨日、あるいは本日発送された荷物が存在しないかな？　宛先はまたリレー式になっているだろうから気にしない。その住所から発送された品物について問い合わせたい」

『四十三件存在します』

「多いなあ。品名の照会は可能かい？」

『もちろんでございます』

「フェイクの品名じゃなく、本物の品名だよ。君たちの運送会社のいいところは、『おもちゃ』という品名の『爆弾』が発送されることがないように、秘密裡《り》に内容を検《けん》査する検閲《えつ》権限があるところだ。キヴィタス市民のプライバシーは、安全保障には優先しないからね」

『申し訳ございませんが、再度の声紋認証が必要な情報です』

「アリシア・オルトン、好きな食べ物はタルティーヌ・ショコラ」

『――声紋による再確認を完了いたしました。少々お待ちください』

クラシカルな保留ＢＧＭが、殺人現場に流れる間、ハビはじっと周囲を観察していた。

床、壁、天井。どこにも奇妙なところはないように見受けられた。

掃除用ロボットも、まるでインテリア用品のように佇んでいるのみである。

音楽の中に再びズーというコール音が割り込み、アドリエンヌの声が戻ってきた。

『大変お待たせいたしました、オルトンさま。お問い合わせの件の確認が終了いたしました。口頭でお伝えするには情報量が多いため、発信元の家管理ＡＩ宛にデータを送付いたします。閲覧《えつらん》回数制限は各一回です』

「ありがとう。十分だ。ハウジー！　受け取ったかい」

ピッという電子音の返事のあと、部屋の中には新たな情報が投影された。四十三件の品物の内訳と、レントゲン写真のような画像である。衣服やぬいぐるみ、書籍や食物など、内容は多岐にわたった。

その中に一つ。

奇妙な画像が存在した。

「局長」

「お、何かあった？」

「…………これは」

画面の中に映し出されているのは、一対の棒状のものであった。包みの中に、二本の棒を二つ折りにして押し込んだような不格好さで、中身が梱包材を圧迫している。人間の脚《あし》――スキャン映像からして、血肉も骨もある、生身の脚部であった。

「ハビくん、わかるかい」

「……サイボーグ義肢《ぎし》です。死体の一部じゃありませんね。骨にシリアルナンバーが入っている」

「もうちょっと科学者的に」

「男性サイボーグ用、股関節《こかんせつ》起点脚部パーツ、左右セット、有機成分含有量九十九パーセント以上の、高度有機義肢と見られます」

言葉の途中で、ハビの足元で何かが跳ねた。

え？　という声をあげる前に、目の前にヘルメットの上司が割り込んだ。

その直後、ハビの目の前で爆発が起こった。小さな花火玉が目の前で炸裂《さくれつ》したような気がした。

一瞬の出来事に、ハビは腕で顔を覆うことしかできなかった。部屋の中に焦《こ》げ臭い風が巻き起こり、何かの部品の白い破片が体に突き刺さる。

爆発の直撃を受けたはずの人間は、ハビをかばった姿勢のまま、そよ風でも吹き抜けたような姿勢で小首をかしげていた。

「悪あがきをするものだね、掃除用ロボットもどきくん」

　ハビは初めて、爆発したのが掃除用ロボットであったことに気づいた。上蓋《うわぶた》の裏側に爆発物が仕掛けられていたらしく、本体はほとんど原型を留めていなかったが、下半分がいびつな形で残っている。

　突然の出来事に呆然《ぼうぜん》としている間に、ハビの上司は手早く、掃除用ロボットの検分を始めていた。ジー、ジー、というモーター音を立ててロボットは逃げようとしたが、黒いブーツの足は掃除機を容赦《ようしゃ》なく踏みつけ、ひっくり返し、速やかに分解を始めた。

　焦げついた部品の奥底、厳重に守られた金属製の箱の中。

　最後に残ったものは。

「見てごらん、ハビくん」

　掃除用ロボットの中に組み込まれていたのは、ハトの卵ほどの大きさのカプセルだった。溶液の中に、コードにつながれた有機パーツがたゆたっている。

　人間の頭脳の一部であった。

　マイクロ生物学に知悉《ちしつ》した人間であれば、この程度のサイズの脳でも機能するようにすることは可能だと、ハビは瞬時に判断した。

　そして背筋がうそ寒くなるような結論に達した。

「この掃除機は、ロボットではなく……」

「人間、ということになるね。より精密に分類するならサイボーグかな。これは頭脳だ。適切に装着されていれば、手足を動かすくらいのことはできる。運動もできるだろうね」

運動。それは殺人という意味ですかと、ハビは尋ねなかった。

掃除用ロボットの外殻《がいかく》という、動作の手段を封じられてなお、チカチカとケーブルを明滅させ、あがいていた。

「ハビくん、こいつに『耳』と『口』をつけてやってくれないか。私がこれから告げることを理解してほしいし、何か言いたいことくらいあるだろう」

「……手持ちの物じゃ、子どもの工作程度のものしかできませんよ」

「十分だ」

ハビは手持ちの鞄《かばん》から、出かけがしらに回収したジャンクパーツを取り出し、右腕の第一関節部分をひねり、腕パーツ内部の隙間《すきま》から、愛用している『工作用具』を取り出した。手荷物検査に引っかからないように道具を持ち歩く趣味が高じると、肉体の改造に手がおよぶことには、ハビ自身、身に覚えがあった。

だが何事も限度がある。

頭脳だけを取り出して、小さなロボットの中に押し込めるという行為は、ハード・サイボーグの目から見ても、明らかに常軌を逸していた。

　もとの姿に戻る術《すべ》がないからである。

『耳』と『口』は、手持ちの素材で三十分足らずで完成した。フルフェイスのヘルメットの人間は、カプセルからコードでつながった『耳』ことマイクを指先でつまみ、軽快な声で話しかけた。

「あ、あー。テスト。マイクテスト。聞こえるかな？　こんにちは、殺人犯くん」

『耳』は正常に機能していたが、『口』からの返答はない。ハビの上司は気にせず続けた。

「さっそくだが私は名探偵アリシア・オルトンだ。君は私の友人であるシュアン・アストレア博士を殺害し、あまつさえそれを彼女の最愛のアンドロイド、エリーの仕業に見せかける工作を施《ほどこ》したね。認めるかね」

　ブツンという音のあと、『口』は音声を出力し始めた。

『……………お、ま、え、オ、ル、ト、ン、な、ぜ』

「み、と、め、る、か、ね？」

　返答は沈黙だった。

　調査が終了したようで、家管理ＡＩは、命じられていた第三十五階層のアンティーク・ロボットの修理店の運営者についての情報を部屋の中に投影した。キヴィタス・エクスプレスで『脚』を発送した送り主である。オイム・ハドソン。男性。ハビが警察軍のデータと照会したところ、アンドロイドへの暴行、すなわち器物損壊罪による複数回の逮捕歴があった。アレイという名前の兄がいて、そちらは二カ月前から行方がわからなくなっている。彼にも逮捕歴があった。

二カ月前、という言葉が、ハビの頭の中で嫌なことと嫌なことを繋《つな》げ、なお嫌なことを浮かび上がらせた。アンティークのような掃除機が、シュアン邸に導入されたのと同時期である。

投影される情報を眺めながら、フルフェイスのヘルメットは頷いていた。

「なるほど、君の名前がわかったようだ。アレイ・ハドソンくん、君は自分の脳細胞の一部をテロ組織のバイオ科学者に提供することによって、その新しいボディに生まれ変わったのだね。目的はシュアン博士の殺害」

『口』は引き続き沈黙していた。ハビは少し考え、すぐに疑問に突き当たった。

「し、しかし、脚がこの家に送られてきたとしても、脚だけですよ。突き返されたらどうするつもりだったんですか」

「シュアンは殺される直前まで外にいて、人と会っていたんだ。受取人はエリーだったはずだよ。アンドロイドには主人のところに届けられた荷物を、勝手に突き返すことはできない。爆弾でもない限りね。今後は『脚』も追加されるかもしれないけれど」

ハビはエリーの行動を想像した。いきなり見知らぬ相手から、主に宛てて脚が送付されてくる。不気味ではあるが、恐怖よりも不可思議さが先立ち、エリーはシュアン博士の帰宅を待とうと考える。もしかしたら彼女の知り合いの研究材料かもしれない。そのうち日課の充電の時間が訪れ、エリーは荷物を玄関フロアに置いたまま、スリープモードの準備に入る。

その間に、箱の中に入っていた脚がひとりでに動き出す。そして。

「……しかし、『脚』だけですよ。どうやって殺人など」

「あるじゃないか。腕なら」

「どこに」

「エリーだよ」

「活動中のアンドロイドの腕をもぎとったと言うんですか」

「活動中じゃなかったのさ」

ハビがはっとすると、フルフェイスのヘルメットの人物は、バイザーの下で鼻を鳴らしたようだった。

「思い出したか。ホロ現にあっただろう。エリーのお昼寝タイム、つまり充電時間中に、その掃除用ロボットが部屋を片付ける。そういう日課になっていた。そしてキヴィタス・エクスプレスの荷物は時間指定便だった。ハビくん、ここで抜き打ちテストだ。さっき君が見たサイボーグ用の脚は、特殊仕様のタイプじゃなかったかね？」

「…………」

「ヒント。制作会社はゴットフリート社」

「……職人技術系統、足指による精密作業技術の内蔵型……」

「無線通信機能は？　一定の距離に『頭脳』がある場合、自動的に装着してくれる機能はあったかな？」

「……ありました」

「ピンポーンピンポーン」

軽やかな声を聞きながら、ハビはいびつな人形を想像した。胴体のない、頭と腕と脚だけの人形である。頭から手足が生えていた。子どものお絵かきの中に登場しそうな存在だった。それがサイボーグ、すなわち『人間』であると理解することには、相当の困難が伴《ともな》った。

それはただの『怪物』である。

絶句しているハビの隣で、乾いた笑い声が響いた。フルフェイスのヘルメットの人物は、喉《のど》から絞り出すような声で笑っていた。

「知恵を絞ったね、殺人犯くん」

『……オ、ル、ト、ン……』

「そうとも、私がオルトンだ。それにしても、カスタム仕様のサイボーグ義肢は受け入れられるのに、アンドロイドの存在を受け入れられないなんて、小器用な理屈の持ち主だな。君は掃除用ロボットである『頭脳』に、配送されてきた脚部パーツを装着、その後すみやかにエリーから腕を奪い、シュアン博士を殺害した。サーカスみたいだな！　もちろん通常仕様の掃除用ロボットに、アンドロイドの腕は装着なんかできない。だから君は『脚』に『腕』をつけた。弟から送り届けられたパーツに、あらかじめ接続用ソケットをつけておけば簡単だからね。それにしても、脚から腕のはえた掃除用ロボットかあ。ぞっとしない」

　ハビは人間的な脚と腕と、無機質な掃除用ロボットが合体した姿を想像し、微かに顔を歪めたが、少し間を置いたせいで、新たな疑問が浮かび上がってきた。

「……脚が届けられたなら何故、一緒に腕パーツも届けさせなかったんですか」

「ゴミ箱の限界だよ。高齢の女性とアンドロイドの二人暮らしだ。そこまで大容量ってわけじゃない。ハビくん、まさかとは思うけど、使い終わったあとの脚パーツをどうやって隠滅したのか、まだわからないわけじゃないだろうね」

脳髄《のうずい》を稲妻《いなずま》がかけぬけるように、ハビは『ゴミ箱』の作動履歴の件を思い出した。

殺人後から、警察軍の到着までの間に一度。

何らかの有機物を廃棄した痕跡。

脚パーツであった。

自分で自分の体をきりとって、リサイクル品として処分する光景を想像し、ハビはさすがに胸がむかついたが、フルフェイスのヘルメットの人物は、飄々《ひょうひょう》と言葉を続けた。内部の表情は、いつものように推し量りようがなかった。

「殺害シーン以外にも、ところどころホロ現が削除されていた理由も、これでわかった。掃除用ロボットに不気味な手足が装着されているシーンも、その脚パーツをゴミ箱に放り込むところも、家管理ＡＩに撮影させたままにしておくわけにはいかないし、該当部分だけを削除したのでは怪しまれると思ったのだろう」

早口な推理が終わると、フルフェイスのヘルメットは再び、マイクに向かって話しかけた。

「聞こえているかい、アレイくん。掃除用ロボットになってこの部屋に潜入した君は、君の弟が脚パーツを送り届ける日まで部屋で待機、充電中のエリーの前で脚を装着、彼女の腕を奪い、帰宅したシュアンを襲い、殺害した。殺人の遂行後は腕と脚を外し、何食わぬ顔で掃除用ロボットに戻る」

「…………一体何故そんなことを」

「アンドロイドは人を殺せると、世間に向かって大々的に喧伝《けんでん》したかったのさ。そうだろう？」

　水を向けるような沈黙のあと、掃除用ロボットは喋った。

『ア、ン、ド、ロ、イ、ド、は、い、ら、な、い』

　はっ、という笑い声は、世界の全てを吹き飛ばそうとするような大声だった。たじろぐハビの横で、ハビの上司は腕組みをした。

「『いる』も『いらない』も、既にこの世界に存在しているものに対して何をぬかしているんだ。現実を現実として受け入れたまえよ。ロボット戦争によって世界の三分の二は滅びたんだ。アンドロイドなくして、私たちは今の生活を送ることはできない。労働力を欲したのは人間のほうだ。彼ら自身が望んでこの世界に生まれてきたわけじゃない」

　演説のような台詞《せりふ》が、ハビの耳にはどことなく空虚に響いた。既に肉体を切り刻み、片道切符の機械の体に移しかえてしまった人間が、『私たちの生活』という言葉に感銘を受けるとも思えない。そんなことは百も承知の上で、ハビの上司は遠くの誰かに語りかけているようだった。何かをちゃかしているようないつもの素振りはなりを潜めている。

言葉を意にも介さない、あるいは理解できるほどの容量が残っていない『サイボーグ』は、ハビが接続した音声デバイスを通して、濃淡のない音で喋った。

『お、ま、え、を、ゆ、る、さ、な、い、オ、ル、ト、ン』

乾いた笑い声に、ハビは小さな怖気《おぞけ》を感じた。指先でカチカチとヘルメットを突《つ》きながら、ＡＩ工学者は語り続けた。

「そんなことを言っている人間はこの世界に腐るほどいるさ。実行に移す人間もだ。何故お前もそうしなかったんだ？　私を殺しにくればよかったのに。何故シュアンなんだ。彼女はもう私の右腕じゃない。何故私にしなかった。何故エリーとの最期のおだやかな時間を邪魔した」

弾劾《だんがい》の言葉を聞きながら、ハビにはその理由がよくわかった。高層アパートと一般的な監視カメラで防備を固めているだけの一般人と、キヴィタスの高級政治家並みのガードに日々守られ、ヘルメットまで着用し続けているセレブリティもどきとでは、殺しの難易度が異なる。暗殺の手がより安易なほうに伸びることは自明だった。たぶんこの人も自分で言っていてわかっているのだろうと、ハビは思ったが、そんなことは思わなかったことにした。

平坦な音声は喋り続けた。

『ロ、ボ、ッ、ト、と、に、ん、げ、ん、の、す、き、ま、い、ら、な、い、ア、ン、ド、ロ、イ、ド、こ、わ、い、い、ら、な、い、ア、ン、ド、ロ、イ、ド、し、ね』

一本調子の声は剣呑《けんのん》ではあったが、人間ばなれして素直だった。ほとんど脳だけになってしまった人間はこんなふうに思考を出力するのだなと、ハビはどこか実験動物を眺めるような心持ちでいた。

フルフェイスのヘルメットの人物は微動だにせず、表情はまるで読めなかった。

「死ね、か。詩的な表現をするものだ。それは命あるものの、生命活動の停止を意味する言葉だ。アンドロイドには命がない。彼らは機械だ。私の発明した情動領域によって喜怒哀楽を理解し、人間のようにふるまうが、彼らは肉の体によって育《はぐく》まれたものじゃない。機械なんだよ。何故そんな簡単なことが理解できないんだ。『怖い』だろうが『憎い』だろうが同じだ。それは君の頭の中にしか存在しない価値で、アンドロイドたちの責任じゃない。私の子どもたちにそんな見苦しいハナクソみたいなものをなすりつけるな」

『お、ま、え、も、し、ね』

「――局長！」

ハビが割って入る前に、掃除用ロボットは爆発し、部屋の天井まで火柱を上げた。

家管理ＡＩが即座に火を感知し、部屋にシャワーが降り注ぐ。

火柱の中にいた、フルフェイスのヘルメットの人物は、腕組みをした姿勢のまま、軽く指先をゆさぶって合図した。

「ハウジー、放水を中止。もう火は消えた」

『かしこまりました。その他の異変はありませんか？』

「ない」

家管理ＡＩは再び、かしこまりましたと応じた。

呆然とするハビに向き直り、フルフェイスのヘルメットの人物は肩をすくめた。少し焦げた服――しかし焼け落ちた部分は少しもなかった――から煤《すす》をはらい、小首をかしげる。

「なんでもないよ。私は耐火素材の服しか着ないし、このヘルメットは遠近両用耐衝撃仕様だ。スナイパーライフルで狙撃されても爆弾テロがあっても大丈夫。私の頭は無傷で残る」

「頭だけ残ったって仕方ないでしょう」

「まあ、そういう保険契約だから」

「保険？」

なんでもない、と言いながら、ヘルメットの人物は警察軍に連絡を取った。アレイという名前の男のデータ、およびその兄弟のデータの転送。テロ組織の関与の可能性。アンドロイドによる『事故』ではなく、あくまでそう見せかけた『殺人』であったこと。

たった今殺されかけた人間とは思えないほど手際よく、ヘルメットの人物は全ての情報を譲渡し、通信を打ち切った。

「ハビくん、どこの会社でもいいから、即時ドローン配達で掃除用ロボットを買ってくれないかな。警察軍が雑巾がけをしてくれるとは思えない。もちろん経費で」

「わかりました。外で待機します」

「よろしくー」

部下を追い払ってしまうと、ヘルメットの中からは小さなため息が漏れた。

銀のヘルメットの主は、黒焦げの掃除用ロボットを見下ろした。

「……哀れなやつめ。生きている時の私のほうが、死んだあとの私より、大分ましだとも知らないで」

「オルトン博士、ご足労ありがとうございました。いやあまさか、こんな事件だったとは」

軽やかに笑う警察軍の男は、胸に尉官《いかん》の徽章《きしょう》をつけていた。あらゆる意味で規定外の位を持っているハビの上司は、軍内においては佐官相当の待遇を受けるはずであったが、担当官は馴れ馴れしかった。サイボーグ化された掃除用ロボットの遺骸《いがい》――というより残骸を回収してしまうと、彼以外の人員は速やかに撤退し、残されたのは『上官が招聘《しょうへい》したアンドロイド工学者を、穏便に追い払うための接待』という雰囲気だけだった。

笑う尉官に、ハビは嫌な笑みを浮かべて話しかけてみた。

「今回の事件の検分は、警察軍から博士へ、じきじきの依頼あってのことだとおうかがいしていますが」

「ああ、もちろん。もちろんそうですよ。ねえオルトン博士」

「もちろんだとも、ハビくん。もし本当にアンドロイドが人間を殺していたのだとすれば、私がチェックするほかないからね。もし本当にそんなことが起こってしまったのだとすれば、この事件は超超超法規的処理によって隠蔽《いんぺい》されていたに違いない。だって今更アンドロイドなしの労働なんて、人間には不可能だからね。まあ、私は修正パッチでも開発するまで軟禁されたかもしれないけれど」

「まさかあ。オルトン博士ともあろう方に、そんなことができるような人間はいませんよ」

警察軍の男はわははと笑った。この男は本当に、今日この部屋で人が一人死んだことをわかっているのだろうかと、ハビは白い目を向けたが、男にはまるで通じなかった。

男はセレブリティと会えたことに浮かれているような、嬉々とした表情を浮かべ、尉官は再び博士とその右腕の労をねぎらった。

「しかし、蓋をあけてみれば大した事件でもありませんでしたね。もうテロ屋には私たちもうんざりしているんですよ。暇つぶしみたいに殺人、殺人って。博士の貴重なお時間をさいていただき、誠に恐縮でございました。こんな、人が一人死んだくらいで、ねえ。大げさな話ですよ」

ハビはその時、部屋の温度が五度ほど下がったような気がした。

フルフェイスのヘルメットの人間は、ごくごくゆっくり、ゆっくりと、首をかしげた。

「へえ、そうかい？　君にとって『人が一人死んだくらい』って、どういう意味なのか興味があるな。是非《ぜひ》話をうかがってみたい」

「え？　どうしてそんな？　まあ、構いやしませんが……」

ハビは何も聞いていないふりをしながら壁を見ていた。そうですねえ、と言いよどんだ男は、朗《ほが》らかな口調で告げた。

「いやあ、私の父も、肉体的には二カ月ほど前に死んだんですがね、三十年前から人格をクラウド保存していましたし、ホロ現投影式チャットサービスとも連動していますから、今でも父とは話せますし、相談もできるんですよ。まあ一緒に食事ができないことは、時々味気ないと感じますが、彼が消えてしまったようには感じません。そうそう、仕事も継続しているんですよ。彼は小説家だったもので、ほら、人格が消えていなければ、ああいう仕事はいつまでも続けられるものでしょう」

「君は寂しくない？」

「いやあ、保存されているデータが全て消えてしまったら、それはもちろん『寂しい』と感じることはあるでしょうが、少なくともこの二カ月は、そういうことはありませんね。もともと半年ほど病院に預けている間に死にましたから、末期の様子をあまり知らないせいもあるかもしれませんが。まあ最近はみんなそうですからね。つまるところ死なんて、その程度のことでしょう？　はは」

「ははは」

男の笑い声と、上司の笑い声とが、まるで噛み合っていないことに、ハビだけが気づいていた。だが居心地の悪さだけは伝わったようで、尉官の男はもじもじし始めた。早く帰りたいようだったが、接待相手が話をしたがっている以上、そうもいかないらしい。

「……そういえば、被害者の人格や意識のバックアップは、どこに保存されているんですか？　高名な工学者だったとおうかがいしましたが」

「シュアンのことかい？　キヴィタスのＡＩ工学者にしては珍しく、彼女はかなりの自然主義者でね。死んだあともチャットサービスとして利用されることは望まなかった」

「………ないってことですか？　じゃあ、あれで本当に死んだと？　本当に？」

「うん。『本当に死んだ』」

「なんてこった、じゃあ、これまで彼女に投資された全ての資本が、百年ちょっとでパアになってしまったってことですか？　困窮層でもあるまいに！　大変だ。ひどい。我々の社会の損失ですよ。道理で博士が呼ばれたはずだ。しかしどうしてまたそんな、もったいないことを………あの、まさか、宗教上の理由で？」

「キヴィタス内では一切の宗教活動が禁じられている。浮世離れした人間でも、そのくらいのことはわかっているさ」

「し、失礼しました」

敬礼をした尉官に、フルフェイスのヘルメットの人間は、そういえば、と軽く切り出した。

シュアンの遺体は、今どうなっているのかと。

いぶかしげな顔をした尉官は、ややあってから得心顔で頷き、満面の笑みを浮かべた。

「ご安心ください。遺体は発見後、すみやかにリサイクル処理場に運ばれましたから、今頃はきっと無事に、リサイクル処理が終わったところですよ。彼女の血肉はキヴィタス運営の礎《いしずえ》になってくれるはずです。よかったですね、博士」

最後にもう一度敬礼をして、警察軍の最後の一人は、掃除用ロボットによって整頓《せいとん》された部屋を出ていった。

ハビがその背中を見送り、戻ってこないことを確認している間に、フルフェイスのヘルメットの人物は、ぱらぱらと指を動かしていた。ハウジーに何らかの指示を与えたようだった。

怪訝《けげん》な顔をするハビの前で、空間が変化する。

一秒のあと、部屋の中には再び、ホログラム現実の世界が浮かび上がった。

仰向けに倒れている人間。

人間を膝の上に抱くアンドロイド。

指先で映像をつまんで、空中で回転させればいいだけのことを、フルフェイスのヘルメットの人間は惜しみ、二人の像が投影された部屋の奥まで歩み寄り、しゃがみこんだ。

「……局長」

「見たまえ。シュアンの表情を。穏やかだ」

「遠慮します。失礼にあたりそうなので」

「なら見なくていい」

跪《ひざまず》いた姿勢のまま、フルフェイスのヘルメットの人物は、二つの顔を覗き込んでいた。

瞳を閉じたシュアン。

苦悶《くもん》の表情を浮かべるアンドロイドのエリー。

「どんなに古いタイプであっても、腕をもぎとられてもなお、充電モードを続けられるほど図太いアンドロイドはいないだろう。エリーは自分の腕が、シュアンを殺すところを見ていたはずだよ。下手人が腕を放り出したあと、エリーは血まみれになった自分の腕を装着し直して、緊急通報、シュアンの介抱を試みたのだろうね。あの掃除用ロボットになった男の思惑通りに」

「…………………」

「それが彼女の『命とり』になった」

「……自分のパーツが、殺人を犯したという事実に、ＡＩが耐えられなかったということですか」

「そう。誰かさんがそういうふうに造ったせいでね。もちろん、シュアンを殺した時、エリーの腕を操作していたのは別の存在だった。だがエリーの一部が、人間を殺したことは確かだ。彼女のＡＩの判断如何《いかん》では、異なる結果が導き出されたかもしれないが、少なくともエリーは『自分が殺した』と思ったのだろう」

「……命のないものが、『命を奪う』概念を理解できるものでしょうか」

「できるさ。なあ、シュアン。そうだろエリー」

フルフェイスのヘルメットの博士は物言わぬホログラムに語りかけた。

そして再び、アンドロイドの骸に向き合い、ぽつりと零《こぼ》した。

「この顔をずっと覚えていたい。人間と同じような感情情報を持った存在が、落涙の機能を封じられると、こんなふうに哀《かな》しみを表現するんだね。シュアンがあと三年生きてくれたら、きっと実装されたと思うけれど……エリー、おつかれさま。私の大切な友達を最期まで見守ってくれて、どうもありがとう」

実体のない映像を労《いたわ》るように、ヘルメットの人物はエリーの顔の輪郭《りんかく》に指を添わせ、最後に頭を撫《な》でた。

「ハビくん」

「はい」

「どうしてこっちに来ないんだい？」

「……気が向かないので」

短い沈黙のあと、もう一度名前を呼ばれたハビは、黒い背中を見つめた。

フルフェイスのヘルメットに守られた頭の持ち主は、部下に背を向けたまま喋った。

「過去の自分に多少は感謝してやらなくちゃな。私は人選を間違えなかった」

「はあ」

「私はだいぶ、君の存在に救われてる」

静かな声を聞き入れつつ、半分は聞き流したような顔で、ハビは部屋の壁を眺めていた。

シュアン博士のレジデンスを出たあと、ハビはすぐにはホヴァータクシーを拾わず、あまり歩いたことのない、高級住宅街を歩いた。外界の光を通さない、ぶあつい隔壁に覆われたキヴィタスの中には、天候管理型ＡＩによって、日暮れ時のオレンジ色の光を投影されている。

左右に灌木《かんぼく》の植えられた遊歩道を歩きながら、ハビは長く伸びる影の先にいる上司に声をかけた。

「局長。いえ、アリシア博士」

「何だい、ハビ・アンブロシア・ディースカウくん」

「質問があります。その……大したことではないんですが」

「このヘルメットの理由？　君ぃ、だいぶ我慢したねえ。私と少しでも話した人間は、二言目にはみんな『それは一体何ですか？　どうしてかぶってるんですか？』って言う」

「何も言ってくれないことにも、相応の事情があるのかと」

ははは、という笑い声に、ハビは少し安心した。シュアン博士の部屋で聞いた声よりも、いくらかリラックスした声色だった。だがまだどこかに、緊張感のよどみが残っている。

キヴィタスの誰もがその名前を知る、アンドロイドの生みの親は、部下を振り返り、真正面から日差しを受けた。全反射のヘルメットから跳ね返った夕陽《ゆうひ》が、ハビの網膜を焼いた。

「まぶしい……」

「わはは、我慢したまえ。うん、情動領域の開発についてはいろいろあってね。基幹をつくったのは私一人だが、それを拡張、展開するのにはシュアンのような仲間がたくさんいてくれたんだ。だが一つだけ私にも誇れる部分があるとしたら、それは資金調達だ。私が金を集めた。何をするにも金は必要だからね。本土人の君が知っているかどうかは定かではないが、私はキヴィタス開闢《かいびやく》以来の天才でね。しかもデザイナーズベイビーではなく天然物で、両親ともに産科研究所未登録者だ。だから遺伝子的再現性がない」

つまりこの肉体には大いなる活用価値があるわけさ、とハビの上司は両腕を広げてみせた。つまりこの牛肉はとても安くて質がいいですと告げるような、軽すぎる口調だった。

「まあつまり、自分の死後の全方面への活用を担保に、私は情動領域の開発資金を得たというわけさ。私が死んだら、私の体の一切合切《いっさいがっさい》の権利がキヴィタス自治州政府に移行する。

何をやってもいい。脳細胞からＤＮＡまでフリー素材だ。私にしか結べない契約だった」

「……本土では考えられない契約です」

「そっちではお金より人権が強いからねえ。キヴィタスのよしあしだ。ま、自分の死体を買ってくれる銀行がいるというのも、マッドサイエンティストには助かるものさ。少なくとも後悔はしてない」

だから頭はとっても大切にしないといけない、と。

フルフェイスのヘルメットで頭部を保護した人間は、縁石の上にぴょんと飛び乗ると、両手を左右に広げてバランスをとり、よろめきながら歩き続けた。少し体を左に傾けすぎれば、眼下に見下ろすホヴァークラフトたちの行列へ、投身自殺することになりかねない高度の遊歩道である。高層建築のキヴィタスの中でも有数の吹き抜け構造で、どこまで落ちれば水平面にたどりつくのかさえ、見下ろすだけでは定かではない。

それでもきっと頭は無傷で残るのだろうなと、ハビはぼんやりと考えた。

そして声をかけた。

「局長」

「なーに」

「あなたにはご自分の研究所の外で、そのヘルメットを外せる場所はあるんですか」

返事はシューという圧縮空気の音だった。

ヘルメットを外したアリシア・オルトンは、軽く頭を左右に振り、肩までの銀色の髪をたてがみのようにゆさぶると、にっこりと微笑《ほほえ》んでみせた。熟れたぶどうと夕焼けをかけ合わせたような、深い紫色の瞳が、彼女の部下を見ていた。

「あるよ。あまり外でこういうことをすると怒られるんだけど、今はまだ私の所有物だからね、知ったこっちゃない」

「……………」

アリシアはゆっくりと、黒手袋の指で自分の鼻を指さした。小さな耳や、紫の瞳や、銀色のまつげを。

「どう？　ハビくんはこの顔好き？」

「さあ。今はまだ、『見慣れない顔』としか」

「私は好きだなあ。一番見ていて飽きない顔だ。そういう顔を選んだから」

ハビが眉間に皺を寄せると、アリシア・オルトンはにっこりと笑った。神話に登場する美少女あるいは美少年のような、中性的な雰囲気の顔は、微笑むといっそうあどけなく、無邪気に映った。

「人間が生まれたばかりの時の顔立ちを、その人間の『素顔』と定義するならば、この顔は私の素顔じゃない。私が好き勝手にいじくりまわした、生体改造の成果だ。肌の色から眼球の血管、産毛《うぶげ》の色までカスタマイズ済。線が細くて色白で、お人形さんみたいだけど、でもどこかに芯の強さがあるだろう？　そういうところが気に入ってる。でも私のＤＮＡに刻まれた顔じゃないのさ」

ハビは静かにアリシアを見つめていた。原型をとどめないほどの改造を、全身に施す人間は、ハビの出身地であるノースポール本土にも珍しくはなかったが、アリシアの顔立ちはそれほど派手でも、逆に地味でもなかった。ほどほどの美形で、ほどほどに記憶に残って、わざわざその顔にしたがる理由が特に見つからない顔だった。

「……ご自分の顔が、嫌いだったとか？」

「別に。好きでも嫌いでもなかった」

ゆらめくような声色で、ただねえ、と付け加えると、アリシアは微笑んだ。一点のくもりもない、美麗《びれい》な顔には不似合いな、皮肉っぽい笑みだった。

「私の顔はもう売約済みなのさ。未来の誰かさんたちにね。でも私だって自分だけの顔がほしい。だから好みの顔をつくった。それだけの話だよ」

ハビは不機嫌な顔をした。

「誰かさん、『たち』？」

「わはは」

銀髪の博士は微笑み、軽く首をかしげると、上目遣いにハビの顔を見た。夕陽をとかしこんだ紫色の瞳は、血のような赤色に輝いて見えた。

「予言してあげるよ、ハビくん。君はそのうち、私の『素顔』を見ることになるさ。ほどほどに近い将来、いやってほどね。私は死に神に自分を売り渡した人間だから」

微笑みながら告げると、アリシアは再び、フルフェイスのヘルメットを装着し、両腕を振り回してホヴァータクシーを呼び、ハビの前から消えた。

何故かそれが永遠の別れ、あるいはその予行演習のような気がして、しばらくハビの脚は動かなかった。

「ご覧ください。こちらがドクター・アリシア・オルトンの複製体たちです。育成は順調ですよ。いかがですか、最後の右腕であったあなたから見た出来栄《できば》えは」

ごぼり、ごぼりと。

人工羊水に満たされた大型のプラントは、水族館のような音を立てていた。淡いグリーンに彩色された溶液の中で、人間の姿がたゆたっている。顔面や局部には保護用の白いパーツが取り付けられ、その他の部分からは各種点滴のチューブがささっていた。

同じものが見渡す限り何十体、何百体と並んでいる。

どれもこれも同じ背丈、体つきだった。

薄暗い部屋の中から、水槽を眺めていたハビは、あまり表情を変えないよう心掛けながら喋った。

「どうと言われましてもね。複製権がキヴィタス自治州政府に移動するのは、彼女の『死後』という契約だったのでは？」

「さすが右腕、お詳しい。ですが契約内容は微妙に異なります。彼女の身体《からだ》の複製権そのものは、契約成立時点で自治州政府に移行しています。死後に発生するのは、その複製体を社会的に活用する権利です」

つまり、生み出して育てることは生前にも可能、それを『胎盤《たいばん》の外に出す』ことは、死後でなければ不可能なのだと。

嬉々として語る男に、ハビは曖昧《あいまい》な表情で頷き返した。

「なるほど。死後にすぐ活用するためには、生前からその準備をしておかなければならないと」

「さすがさすが、ご理解が早くていらっしゃる」

「……しかし、本当にこんな実験に意味があるとお思いですか？　そもそも博士の最大の特徴は」

「頭脳だったというのでしょう？　ご安心ください。優れた人造人間の作製はキヴィタスの十八番《おはこ》ですし、いわゆる才能の遺伝的復元性が存在することは、ヒトクローン解禁以降の論文によって十全に確認されています。また、彼女の代替品としての役割を持ちうる精神力も育成するため、ある種の競い合いを行わせる予定です」

プラントの管理者はハビの前で『競い合い』の詳細を語って聞かせたようだったが、情報はハビの耳を右から左に通り抜けていった。長広舌《ちょうこうぜつ》のあと、ハビは呟《つぶや》くように質問した。

「その『競い合い』に敗れた人造人間はどうなりますか」

「規格外の製品は実践使用には耐えません。それなりの役割を負わせて一生を全《まっと》うすることになるでしょうが、あなたさまがお気にとめるようなことではないかと。それに、現段階でのオルトンたちは二百五十六体ですが、実験が順調に進めば、倍々ゲームで増やすことになるでしょう。とても全ての面倒は見切れません。玉磨かざれば光なし、という熟語がありますが、磨いても玉にならなかったものを処分するのも、プロジェクトの大事な役割です」

係官の朗らかな微笑みに、ハビも明るく微笑み返した。分厚い透明な壁を隔てた向こう側では、水中をたゆたう人体たちが、ボコボコと泡をたてて呼吸していた。人魚の大群のようだなと、ハビは内心ひとりごちた。

「……なるほど。確かにこれは『たち』だ」

「は？」

ハビは首を横に振り、その後微かな笑みを浮かべてみせた。思い出の中にしか存在しない、フルフェイスのヘルメットに反射していた頃の自分の顔とは、既に全てのパーツが入れ替わっていたが、基本形はそのままである。作り笑いのくせも。

「ええ。とてもよくできていると思いますよ」

「お言葉に感謝いたします。では、ジーニアス・プロジェクトの推進委員会にも、そのように伝えておきます」

「できればもうしばらく、ここで彼女たちを観察していても構いませんか」

「それはもうお好きなだけ。これからも何度も通っていただくことになるでしょうしね。しかし、『彼女』という呼び方は不適当かもしれませんよ。人造人間に性別は存在しませんよ。遺伝情報上の理由で一世代限定の存在ですから」

「そういうものですか」

「ええ、はい」

それではと一礼して、係官は部屋を去っていった。

ずっと昔、かつて上司だった女性が告げた、『死に神に自分を売り渡す』という言葉の意味を、ハビはやっと理解できたような気がした。見渡す限りずらりと並んだ同じ人間の素体は、ヒトというよりはモノだった。検品はこれからで、テストに受からないものは廃棄するという。

「……かつてシュアン博士が、バックアップを拒んだ理由が、今になってわかった気がします、局長。でもあなたは全て承知だった。こうなったら僕も最後までお付き合いしますよ」

小さな声で呟きながら、ハビは強化プラスチックの水槽に指先で触れた。

強靭《きょうじん》な透明素材の向こう側にゆらめく生命体たちに、はじめまして、とハビは語りかけた。

エピタフ

第十八階層　第二十一ファーム
ＡＨ最終選別　選別個体〈Ｅ２（個体名称　エルガー）〉
来月一日づけで、キヴィタス第五十六階層に発送。作業遂行中。
身元引受人　ハビ・アンブロシア・ハーミーズ（アンドロイド管理局調律部第一調律科主任）

ハーミーズ氏たっての希望で、Ｅ２の生育環境をふりかえり、覚書として作成、転送。
基盤となるのはケアテイカーである筆者（クセルクセス）の日誌になる。
主観的な記述が中心となることは了承されている。

ファームに関する説明を行う前に、Ｇプロジェクトに関する概説を行う。

ジーニアス・プロジェクトとも呼称される本計画は、過去に存在し、死後の複製個体作成の制限権を放棄した『天才』たちの大規模クローン化を試みるものである。および積極的選別活動を行うことにより、ロボット大戦後著《いちじる》しく制限されてしまった人間の、生存環境の飛躍的向上を目的とする。

クローン個体たちは、AH《アーティフィシャル・ヒューマン》、あるいは従人間と呼称される。複製個体作成の制限権は一世代にしか適用されないため、AHの生殖能力はあらかじめ剝奪されている。

本計画の胎盤《たいばん》となるAH育成施設が『ファーム』である。

筆者が管理人をつとめた第二十一ファームは、アンドロイドの情動領域の発明開発者、アリシア・オルトンの複製体育成ファームの一つである。キヴィタス内に多数存在するAHファームの中でも、きわめて特殊な、超長期育成型ファームであった。

多くのファームにおいて、AHたちはいわゆる知的肥育《ひいく》ホルモンを投与され、肉体的・精神的に通常の人間よりも素早く（平均して発生から三年から十年）成人を迎えるものであるが、どうしても肉体的にひ弱で、社会性が薄弱な個体が生まれがちであり、本格的運用から十年足らずで急速に老化するという問題を抱えていた。

その点、超長期育成型ファームにおいては、知的肥育ホルモンの使用を控え、AHたちを人間同様の速度で発育、集団生活を体験させ、より自然な形での知的発達を可能にしたものである。


筆者の監督下における育成期のＡＨ個体数は、たった五十三であった。

これら個体の選別に、実に十九年という歳月を経過させた。

いわば超ハイエンドの、生きた熟成肉である。

私はその十九年間を見守った。

幼年期（〇〜四才）

アリシア・オルトンのＡＨたちは、輝くような金髪と、ヘイゼルの瞳の持ち主である。

第二十一ファームは外界から隔絶されており、また自給自足が可能な環境を有している。

芝草の敷かれた中庭を、ロボットたちに見守られながらコロコロと転がる金髪の幼児たちの姿は、まるで生まれたての子羊のように愛らしかった。

著しい知的遅滞を見せた個体も、この時点では除去しない。超長期育成型ファームの特色である『社会性』の育成には、さまざまな個性を持つ個体の存在が不可欠だからである。

　本段階のＥ２に関して特筆すべき事項は存在しない。強《し》いていうなら、好きなおもちゃの取り合いがあっても、いつも負けてしまうタイプであった。

少年期（五～十二才）
　テストの開始。アリシア・オルトンのＡＨたちは、アンドロイド技術分野におけるエキスパートとしての活躍を期待されている個体であるため、機械工学の知識を詰め込み、週に一度、小テストで定着の度合いをはかり、月に一度の大テストでその応用を行う。『教科書』として支給される書籍は、紙媒体に換算すると一週間で二十冊を超え、ひと月でＡＨたちの暮らす部屋の天井を突き抜けるような分厚さとなる。ＡＨたちは寝食以外の時間のほとんどを勉強に注ぎ込み、四人一部屋で暮らす同室のＡＨたちと協力し、また競い合い、テストを乗り切ってゆく。
　なお、この生活様式は彼らが『卒業』を迎えた青年期まで基本的に不変であった。
　ＡＨたちの個性が確立されるのもこの時期である。Ｅ２は言語的な発達には時折問題が見られたが、テストの成績は良好で、これといった問題のない個体であった。他方、『おしゃべり』『活発』『ムードメーカー』などと呼称されていたA1、X1、V2などは、目的意識の形成に失敗、テストへの意欲を失い、この時点での脱落を余儀なくされた。初めて学友が消えた齢六時点では、AHたちは不思議そうな顔をするだけで、メンタルに変調をきたしたものはいなかった。他方齢十二時点での学友（I2、Z2）の脱落においては、同室のAHたち（J2、K2、L2およびY2）が激しく動揺し、拒食、睡眠不振などの身体症状を呈《てい》するようになったが、Y2以外の個体は翌回の大テストまでには挽回《ばんかい》した。Z2に続いて脱落したY2は、変則的に二体で一部屋をシェアしていたZ2の唯一のルームメイトであったため、影響も大きかったものと見られる。

人間的な感情が無事に発達している証拠であり喜ばしい、という上級管理者たちのコメントが残されていたので付記する。

なお、脱落した個体たちは、関係各所に寄付され、それぞれわりあてられた部署での勤労を開始するものの、性ホルモンの投与を中止されるため老化が始まり、部署内での殉《じゅん》職《しょく》や事故損壊をまぬがれたとしても、三年から十年でその機能を終える。

E2の同室のF2、G2、H2はいずれも良好な成績でテストをパスしていた。I2の脱落により、隣室のJ2、K2、L2たちが悲嘆に暮れていた際には、AHの間では秘密通貨のようにやりとりされるホルモン剤を分け与え、「いなくなったI2のぶんも頑張ろう」と声をかける行為も観察された。なお、当該《とうがい》活動の中心になっていたのはE2ではなく、E2の所属する部屋の実質的リーダーであったF2（識別名称：フォーナ）であった。このような場合E2は、F2に従う形でこっそりとついてゆくのが常であったが、こうした友好活動に消極的なのではなく、仲間を思いやる気持ちはあっても表現方法を知らないという、AH個体によく見られる、いわゆる『感情不器用』であるようだった。

残個体数　四十七
（脱落個体　A1、X1、I2、V2、Y2、Z2）

第一青年期（十三〜十六才）
　より選別が厳しくなる時期である。テスト範囲は本土の理工系大学の学部から大学院相当の内容。アンドロイド調律実技の開始。AHたちの個性はほとんど完成され、複雑な『人間関係』が構築されるようになる。E2の成績は必ずトップ3にあらわれており、自己表現下手な個体ながらも、他AHたちから一目置かれる存在となる。なお他のトップ常連であるB1（ボビー）、C2（クレア）、A3（アラン）との間には、ライバル関係とも呼べる紐帯《ちゆうたい》が存在し、実技等で競い合い、切磋琢磨《せつさたくま》する様子が見られた。

トラブル事例1　クッキー事件

AHたちの気分転換として、調理実習（レトルトパウチを整形、乾燥させるのみ。火傷《やけど》のおそれのある加熱器具は用いない）を行った際、E2がF2のためにつくったクッキーをX2がふざけて食べてしまい、E2がX2の髪の毛を複数本抜くという事件を起こした。AHたちの間で暴力行為はタブーであり、最悪の場合、加害AHがファームから排除される。このことは全個体の常識である。優秀な成績を考慮して、E2は一週間の罰則部屋での生活を科されたのみであったが、その後E2とその他個体の間には見えない壁ができた。

全ての機能を頭脳労働に集中させるためのカスタマイズを施《ほどこ》されているAHたちには、味覚と呼べるものがほぼ存在しない。その中で『クッキー』という食べ物が特別な意味を帯びた点においても、本件は興味深い事例である。

恋愛活動が流行したのもこの時期である。特筆すべき事項であるかどうかは判断できなかったため、念のため記載しておく。

同部屋のＡＨたちの間で、全裸になって抱き合う行為が流行した。外界から隔絶されたファームにおいては、流通する情報も完全に統制されているが、動画資料として用いられる動物の交尾映像などを参考にしたと思われる。性別の概念、生殖器、いずれも持たないＡＨたちにとって、恋愛は完全に無意味な行為であるが、ＡＨ間では『たった一人のパートナー』を選択し、その個体と全裸になって抱き合い、ケアテイカーの介入を招かない程度「あー」「おー」等の奇声をあげる行為が流行した。

Ｅ２はこれらの行為とは無縁であったが、同室のＦ２とＧ２がしばらくの間パートナーシップを形成、常習的に就寝時に全裸で抱き合っている間、著しい成績の低下が見られた。二個体間のパートナーシップは一カ月ほどで解消されたが（恋愛活動は平均して一カ月から半年で鎮火した）、Ｆ２は不特定多数の相手との間に数々のパートナーシップを形成し、それまでは弟分、妹分のように気にかけていたＥ２のことをあまり構わなくなり、話しかけられても無視するようになった。Ｅ２は軽度の鬱《うつ》状態を患《わずら》い、再度成績の低下が見られたが、短期の集中投薬と、ケアテイカーの介入による部屋割り変更によって、成績は回復した。

残個体数　三十二
（脱落個体　C1、F1、J1、M1、S1、V1、Y1、Z1、A2、F2、J2、N2、O2、R2、U2）

第二青年期（十七～十九才）
　最終テストに臨む以前の、最後の育成期間。テスト範囲は本土の学習内容を大きく超え、より深く情動領域に立ち入った調律を可能とするキヴィタス水準の応用的内容を学習する。テストの八割がアンドロイド調律の実技演習となる。選別が激しくなるにつれ、学習のみがAHたちの存在意義になり、個体間の『人間関係』は希薄になる。
　実技試験において才能を発揮するE2は、いよいよサラブレッドとしての才能を開花させた。E2の領域に追いつけるAHたちは、第一青年期からトップ集団に君臨していたB1、C2、A3と代わり映えのしない面子《めんつ》ではあったが、反面それ以外の個体たちの間に、急速なモチベーションの低下が見られた時期でもあった。とはいえ一ファームにおいて、最終的に選別されるのは一個体と決まっているため、事ここに至っては『その他大勢』に介入する必要性は極めて低い。

トラブル事例2　G2事件

成績優秀なE2他三名は、選別の可能性が濃厚であるため、他AHたちから冷たい視線を向けられることが多くなっていた。中でもかつてE2と同室であったG2（識別名称：ガープ）は、E2に特殊な感情を寄せており、ある日自習室でアンドロイドの調律をしていたE2に、興味深い書簡を送った。事件後、ケアテイカーが書簡を回収したため、ここに内容を付記する。また、AHたちはアンドロイドの調律文書や管理報告書以外の書式を知らないため、青年期の従人間としては、言葉遣いがつたない個体が多い。

『エルガーへ
お前のせいだ
お前が海に行けばいいのに
お前がいなければフォーナは海に行かなくて済んだのに
フォーナはお前のことが好きだったから
いろんなやつと付き合ったんだ

お前がフォーナを特別に好きなせいで
へまをして　海に行くことになりそうだったから
フォーナはわざとお前に冷たくしたんだ
おれはフォーナが好きだった
お前のせいでフォーナが消えた
お前が海に行けばいいのに』（原文ママ）

筆者注1　エルガーとはE2、フォーナとはF2（第一青年期に脱落）をさす。E2、F2、G2は、先述したF2の恋愛活動があるまでの期間、長く同部屋であった個体たちである。

筆者注2　『海』について
　AH間において『死』という言葉は深く忌《い》まれている。人間が生命活動を終えることを『死』と呼称すること、あるいはアンドロイドやロボットたちの活動終了を『機能停止』と呼ぶことに抵抗はないようだが、自分たちAHの生命の終焉《しゅうえん》や、そもそものAHの生命活動の意義を、AHたちは理解できない様子である。その代わりとして生み出された言葉が『海』『海へ行く』であった。

キヴィタス自治州は海に浮かぶ巨大プラントである。選別から外されたAHたちの大部分は、キヴィタス外部の戦闘区域において、ロボットやアンドロイドの調律を行う生きた部品として活用されることになるが、彼らはそのことを知らない。しかしキヴィタスの外部に赴くという情報だけはどこからか伝わり、それが独り歩きした末、外部＝海という認識が、ひろく死のメタファーとして広まったものと思われる。


E2は動揺したが、まず案じたのはG2のことであった。実際の暴力同様、精神的暴力もまた、AHには厳しく禁じられている。G2はそれほど成績優秀な個体というわけでもなかったため、この事件が発覚すれば『海へ行く』ことになるのはG2である。F2を失って以来E2には深い関係をもつ仲間は存在しなかったが、博愛的精神により、G2の自殺的行為を看過できなかった様子である。

E2はG2に書簡を見せ、どうにか処分してしまおうと提案した（ファーム内は監視カメラで見張られているため、この時点でG2の処分は決定事項であった）が、G2は拒否し、E2も自分もいずれは『海へ行く』ことになるのだと語り、自分たちの存在の意味のなさを嘆いた。常のG2は饒舌《じょうぜつ》な個体ではなかったが、この時のG2の大演説は、当フ

アームにおいてAHが弁舌をふるった最長記録になっている。要約すると、

・AHは家畜である
・考える家畜である
・自分たちの存在には意味がない
・愛も哀《かな》しみも知らないうちに使い捨てられて『海へ行く』
・生まれてこなければよかった
・しかしAHは人間ではないので『生まれてきた』という概念すら適応が危うい
・では自分は一体何であるのか
・思うに自分たちは海のあわのような存在である
・誰にも見られないうちに浮かんできて、誰も知らないうちに弾けてしまう
・自分は全ての生き物を呪う
・全てが憎いが、最も憎く思うのは自分自身である
・海へ行きたくない
・怖い

と、滅裂な内容であった。

演説後、泣き崩れたG2は拘束《こうそく》され、速やかにファームから連れ出された。上層部が心配していたようなE2他成績優秀個体への影響は見られず、E2たちは淡々と日々のタスクを消化していった。

ただし低成績個体への影響は甚大《じんだい》で、G2の演説以降二週間ほど、複数のAHたち（主導者はK2、L2）の間でハンガーストライキが行われた。

自分たちを解放せよ、従人間としての人格を認めよというストライキは、本土の従人間憲章に則《のっと》れば正当なものであったが、先端科学の実験場であるキヴィタス自治州においては適用されないため無意味である。

ケアテイカーたちが何の反応もせず、ただやつれてゆくAHたちを見守るのみであるとわかると、反抗的であったAHたちは徐々に従順になり、再び学習とテストの日々に復帰していった。

本件において、他ファームのような脱走行為が扇動《せんどう》されなかったことは、ケアテイカーとしては僥倖《ぎょうこう》であった。選別を経《へ》ずファーム敷地内から脱走した個体は、ジーニアス・プロジェクト管轄委員会ではなくキヴィタス自治州防衛庁の管轄になり、即時射殺の対象となってしまう。

遺骸《いがい》を引き取ることになるケアテイカーは、その悲惨《ひさん》な様子に八割以上が精神を病み、職務を遂行できなくなるというデータが共有されている。

選別活動は激しさを増し、上層部大多数の予想通りに、B1、C2、E2、A3の四体を残すのみとなった。

残個体数　四
（脱落個体　D1、E1、G1、H1、I1、K1、L1、N1、O1、P1、Q1、R1、T1、U1、W1、B2、D2、G2、H2、K2、L2、M2、P2、Q2、S2、T2、W2、X2）

最終選考
最後の一人を決める選考過程。十九歳の『誕生日』（一月一日）を迎えるまでの三カ月間、極限状況における調律作業を遂行させ、その適性を判断する。本段階に四個体が残った時点で、本ファームの運営は九割以上成功したと言えるであろう。なお選考の前段階から、最後の一人に選ばれなかった三体も、非常に有用な個体としての長期運用が決定されていた。

それぞれの個体は異なる疑似戦闘区域に移動させられ、定量の二分の一のホルモン薬以外は、飲まず食わずの状況で調律を手掛ける。戦闘区域用の大型のバトルロイドの整備調律と、キヴィタス自治州内で用いられている汎用《はんよう》アンドロイドの繊細な調律を並行して行わせるため、マルチタスク的に百八十度異なるプログラムを組み、適切な調律を行うことが要《かなめ》となる。AHたちは人間の形を持ちながら、人間ばなれした頭脳を持っているため、人間よりもむしろアンドロイドたちに親近感を抱きがちで、常々『真心』のこもった調律を行うものであるが、この試験においてはアンドロイドを完全にモノとして扱うことを求められる。

終盤においては、調律の腕前ではなく状況判断的な二択を課す問題もあらわれる。最終問題となった『自爆を強制するウイルスに汚染されたバトルロイドの調律を行うか、放棄するか』がそれである。どれほど苦心したところで、自爆前に調律を完了させることは不可能な時間制限になっている。『立ち向かうことが無意味な課題は放棄し、自己保存を行う』という選択肢をとることができるか否《いな》かを見る難問である。

B1、C2の二個体は調律に挑み『爆死』。

A3のみが『自己保存』に成功。

問題はE2である。

E2は不可能に設定された調律を、ウイルスの除去を行うのではなく、バトルロイドの基幹プログラムを書き換え、ウイルスと共存させることで、制限時間内に完遂してしまった。


この『調律』が、机上の空論ではなく、実際に可能なものであるかどうかを審査するために、上層部は管理局調律部関係者のハーミーズ氏を召喚、審査にあたらせたが、彼の答えは『可能』『なんなら自分もこの方法をとる』であった。

A3とE2、どちらを当ファームの『主席』として委員会に業績発表を行うかで、上層部はしばらく荒れていたが、丸一日の協議の末、第十八階層第二十一ファームの代表AHは、E2に決定した。ケアテイカーとしては、何ら驚きの結末ではなかった。

なお、これらの審査と協議の間、放置されていたAHたちは、食堂で疲労困憊《こんぱい》の体を休ませつつ、『送別会』を行っていた。

送別会
最後の晩餐《ばんさん》は、シチュー（天然牛肉使用）、丸パン、チーズ、オレンジ（天然）というごちそうであった。
五十三体のAHのためにつくられた食堂は、四体のAHにはあまりにも広い。しかしこの送別会においては、通常ならば物静かに過ごすことが多い秀才たちが朗《ほが》らかに微笑《ほほえ》み、児童期のようにはしゃぎ、一心にE2を祝福していた。既《すで》に自分たちの運命を悟りながら、自分たちを蹴落《けお》として『上』へゆくクラスメイトを祝福するという感覚は、ケアテイカーには理解できないが、AHとしては筋道が通っているのかもしれない。
調律の大仕事を終え、呆然《ぼうぜん》自失の状態であるE2を、他の三体は紙でつくった輪飾りやパーティーハットで飾りつけ、自分たちの食事のほとんど全てを分け与えて寿《ことほ》いだ。C2は『おめでとうの歌』を歌った。余談ではあるがC2は子守歌の名手で、日常的にAHたちのメンタルヘルスのケアに寄与していた個体である。ケアテイカーたちのうち、誰も、C2の『おめでとうの歌』の旋律を知らなかったので、おそらくはC2のオリジナルであろう。文化的芸術的活動に才能を発揮するAHたちは、不運としか言い様がない。芸術は目的のない人生を送る生物＝人間に許された領域の愉悦《ゆえつ》であり、目的のあるライフプランを組まれたＡＨには無縁なものだからである。しかしながらアンドロイド相手でもボクシングで渡りあえるＢ1、チェスの名手Ａ3など、一定以上の調律能力を発揮するＡＨたちの多くに、文化芸術やスポーツの才能が見られることは興味深い事例である。

あるいはＥ2の中にも、何らかの芸術的素養が眠っていたのだろうか？

Ｇ2の演説事件以降、自分を含むケアテイカーはＡＨたちの動向を緊張しながら見守っていたが、最後の四体においては、そのような心配は無用であった。

それにしても不可思議であるのは、Ｂ1、Ｃ2、Ａ3の三体が、協議が紛糾《ふんきゅう》している間にも、Ｅ2が代表として選出されることを確信していたことである。ケアテイカーの立場からは、彼らが確信に至った理由は定かではないが、人間ばなれした頭脳を持つ生き物たちには、そういったこともあるのかもしれない。

委員会への報告の内容が決定したあと、ケアテイカー（筆者含む）はＢ1、Ｃ2、Ａ3をファームから連れ出す作業についた。ＡＨを護送バスに乗せ、ファームから州防衛庁の手にゆだねる作業はいつも憂鬱《ゆううつ》である。中には暴れたりわめいたりするＡＨも存在する。

だが長らく、互いにしのぎを削り続けてきたＡＨ三体は、まるで同じ個体になったように何も言わず、同じ顔で、同じように硬いバスの座席に腰かけて、ただ何も存在しない漠然とした前方方向を見つめていた。

バスが目的地に到着する前に、AHたちが交わした会話を覚えている。

C2「エルガーがかわいそう。きっと寂しがるわね」
B1「そんなはずないだろ。なあアラン」
A3「同意する。私たちは一人がみんな、みんなが一人だ（自分の顔を指さしながら）」
C2「（五秒の緘黙《かんもく》）そうね。本当にそうね」
B1「そうだよ」
A3「行こう」

かなうことならば『一人がみんな、みんなが一人』という言葉の意味を問いただしてみたかったが、運転手としての私の業務はそこで終わってしまった。単純に、クローン体であるがゆえの、皆一律に同じ顔のことだったのだろうか？

あるいはそれ以上の意味があったのだろうか。

※ハーミーズ補記
B1(ボビー) 第八十七戦闘区域空挺《くうてい》部隊運転アンドロイド調律部門派遣 三十六日生存
C2(クレア) 第四潜水艦部隊バトルロイド調律部門派遣 五十八日生存
A3(アラン) 第六十本土防衛プラント・メインブレーン調律担当 六十日生存

E2はその後、バスではなく州情報庁のチャーター車によって上層階に移動する運びとなった。その前に全ての備品を捨てねばならない。E2は物に頓着《とんちやく》することが非常に少ない個体であったが、唯一B1たちが別れ際に作った紙のかざりにだけは執着し、どうにか持ってゆけないかとケアテイカーに相談したが、無為であると悟ると諦《あきら》めていた。

以上をもって、E2の生育報告書とする。いたらない記述が多いと思われるが、許していただければ幸いである。

G2の言葉を今にして思い出している。

ＡＨには魂があるのだろうか？

もしあるのだとすれば、死後その魂はどこへゆくのだろう？

以上　ケアテイカー　クセルクセス著

「――わがままをきいてくださってありがとうございます、クセルクセスさん。こちらのレポート、大切にしますね」

「はあ」

管理局からやってきた男は、私の作成したＥ２の生育記録をざっと眺めると、ひとのよさそうな笑みを浮かべた。キヴィタス最上階に住んでいて、『楽園の守護者』の二つ名でも知られるアンドロイド調律師である。あらゆる意味で自分とは異なる生き物であるので、私はまるで灰色の巨大な壁に向かい合ったような気分で、ただ立っていることしかできなかった。

管理局からやってきた男は、そういえば、と今思い出したような顔で、新しい話題を切り出した。

「前々から疑問だったんですが、ＡＨを最後の一人になるまで絞り込む理由は何なんでしょう？」

「はあ」

それはどういう意味ですか、と私が首をかしげると、管理局からやってきた男は訥々《とつとつ》と語った。

複数体の優秀なＡＨを、管理局ほかキヴィタス上層階で勤労奉仕させるほうが、膨大な金額をつぎ込んでいるジーニアス・プロジェクトとしては、より利益が出るのでは？　と。

おそらく勘違いがあるのだろうなと思いながら、私は仕方なく解説した。

そもそもジーニアス・プロジェクトとは、本土の軍事研究の一環、合衆国対連邦の、最前線に送りだすためのエンジニア育成計画である。最も優れたＡＨ一体だけをキヴィタス上層階に送り出すということはあくまで『おまけ』のようなもので、本題は戦場で活用できるディスポーザル頭脳労働者をつくりだすことなのだ。

何故《なぜ》なら本土において、アンドロイドの調律を行っているのは一部のエリート層の人間であり、そういった人間たちは自らを危険に晒《さら》してまで、国家に貢献しようとはしないから。

人口ではまさっているものの、より技術的に劣る連邦に拉致《らち》されたとしても、ＡＨたちは短命であるため、技術漏洩《ろうえい》のリスクも極めて低い。

使い捨ての素材としては、願ったりかなったりなのである。

管理局からやってきた男は下唇を噛《か》み、もしそれをアリシア・オルトンが聞いていたらどう思うでしょうねと、意味不明なことを言った。アリシア・オルトンは既に死亡している。であるからこそ複製体たちが繁茂《はんも》しているのである。死者に判断できることは何もない。

私が首をかしげ続けていると、管理局からやってきた男は苦笑いし、奇妙なことを口にしたことを詫《わ》びた。気にしないでくださいと私が告げると、彼はもう一つ、奇妙なことを言った。

「あなたはひょっとして、グリマー・カーバンクル氏の縁者では？」

「はあ？」

「分子生物学の分野の巨人です。半世紀ほど前にお亡くなりになっていますが、彼の写真が、昔僕が住んでいた通りに大きく飾られていたので、顔はよく覚えています。目元がよく似ていらっしゃる気がして」

「確かに私は、グリマー・カーバンクルのＡＨです。個体名Ｘ２、便宜上の名称がクセルクセスです」

そう私が告げると、管理局からやってきた男はぎょっとしたようだった。もう少しジーニアス・プロジェクトについて勉強してから来てほしいものだと思ったが、そもそもプロジェクトの内容は極秘扱いになっている。学ぼうにも学べないことはあるのだな、と思いながら、私は男の相手をすることにした。

「私が育ったファームは、グリマー・カーバンクルの複製体を育成し、本土の研究者たちにアシスタントとして分配するためのものでした。しかしアリシア・オルトンの複製体たちとは異なり、カーバンクル氏の複製体には、分子生物学を極める資質が著しく欠けていることが四ファームめで発覚し、私たちは放逐《ほうちく》されました」

「……放逐とは？」

「他の天才たちのファームのケアテイカーとして働くことになったのです」

今年で何年目になるのかと、彼は尋《たず》ねた。知的肥育ホルモンを用いない育成には、とかく時間がかかるものだ。今年で十九年目になりますと私は答えた。

「それは…………」

「随分《ずいぶん》長生きだとお思いになったのですね。私もそう思います。特例として、私たちケアテイカーはプロジェクトから離れたあともホルモン剤を投与されていました。しかしE2の卒業によってその使命も終わりました。私の命もじきに潰《つい》えるでしょう。AHに命と呼べるものがあれば、の話ですが」

管理局からやってきた男は、灰色の瞳に何らかの感情を滲《にじ》ませた。私が今まで受け取ったことのない類《たぐい》のもので、強いていうならば黙考している時のE2と、怒っている時のG2、沈んでいる時のA3、または子守歌を歌い終わったあとのC2をかけ合わせたような、何とも言えない情緒の漂《ただよ》う色合いだった。

そして彼は告げた。

「クセルクセスさん、僕の名前を憶《おぼ》えていますか」

「ハビ・アンブロシア・ハーミーズさまですね」

「そうなんです。でもこれは僕が『サブ機』を作り始めて以降の名前で、本当の名前は『ハーミーズ』じゃないんです。『ディースカウ』っていうんですよ」

「サブ機？　ああ」

メモリーダビングを行っているのですね、と私が告げると、彼は苦笑いで微笑んだ。メモリーダビングとは、高層階でも一部の富豪にしか許されない、自身の記憶のバックアップを、自律的に活動するロボットたちに流し込み、己の『サブ機』『子機』として活用するビジネス術である。分身の術などとも呼ばれるが、最終的には『親機』が子機たちの得た情報全てを統括《とうかつ》、整理し、責任をとらなければならなくなるため、心身に問題をきたすケースも多いと聞く。とはいえ管理局からやってきた人間であるのならば、そういった問題への対処もお手のものなのだろう。

「おそらく本土の一般的な人間の感覚では、僕は化け物だろうし、人間の定義を外れているだろうし、恐れられる存在だと思います。でも自己認識は人間。面白いでしょう」

「あなたさまは間違いなく人間です」

私は少し呆《あき》れながら告げた。人間とは、キヴィタス自治州内に適用される合衆国法および州法で、そうと定められている存在である。ロボット大戦以前の時代には、ＡＨも存在せず、ヒトクローンも解禁されていなかったため、法律の中で『人間』が定義されることはなかったそうだが、だとしたら難儀な時代であったろうと思わざるを得ない。

しかし彼は、いたずらっぽく肩をすくめてみせた。

「本当にそうでしょうか？　人間の定義は時代が流れるごとに変化してゆきますが、『これだ』っていう決定版は、今に至るまでに一度も出てきた試しがありませんよ」

「私にとって『人間』の定義は簡単です。私は自分の意思で自己の生命を保全することができません。それは人間が決めることで、私は人間ではないからです。あなたにはそれができます。すなわちあなたは人間です」

「…………」

数秒、黙り込んだあと、彼は低く「すまなかった」と詫びた。

「何故謝罪を？　単なる事実です。謝るようなことではないかと」

ＡＨはアンドロイドに親近感を抱くというが、道理である。私たちはいずれも『人間』ではないが、人間の似姿を与えられた知的存在である。

人造人間とアンドロイドとは、ある種の同胞であるのだろう。

それにしても、過去の世界において、法律内に『人間』の定義がなかったというのは本当だろうか？　何かを区別するためには、まず定義が不可欠だろう。あるいは明文化されていなかっただけで、実際にはそういった区別が厳然と横たわっていたのだろうか？　自分自身に関する決定権を持つ『人間』と、それに従うことしかできない『ＡＨ』のように？

どちらにせよ、私にはかかわりのないことだ。

管理局からやってきた男は、過去ファームであった跡地を眺めていた。全ての生徒が『卒業』してしまった今、ファームの中で活動しているのは、裏庭で植物用の肥料をつくっている老人型アンドロイドのみである。しかし既に植物を育てて情操をなぐさめているＡＨたちの姿はない。あのアンドロイドもいずれお払い箱になるのだろう。用済みになった私たちケアテイカーと同じように。

予備のホルモン剤は既にない。長ければ一年、短ければ数カ月で、私の肉体は機能を停止するだろう。しかしその後《のち》にもＥ２は生き続けているに違いない。この男のいる、キヴィタス最上階層、アンドロイド管理局に籍を置いて。

夢にも見たことのないような世界である。

私は何故か、ハーミーズ氏に向き直り、手を差し出していた。人間同士がするように。

「Ｅ２をよろしく頼みます。あれはこのファームに存在した、全てのＡＨたちの希望です」

「わかってます」

彼は何のためらいもなく、私の手を握り返した。私は生まれて初めて人間と握手をした。

ハーミーズ氏は微笑んでいた。

「ありがとう、クセルクセスさん」

「……何故私に感謝を？」

「握手をしてくれたこと。嬉《うれ》しかったので。エルガーくんにもよろしく伝えておきます」

「『よろしく』とは？　Ｅ２は私を特別に好きでも嫌いでもありませんでしたよ」

「ただの挨拶《あいさつ》みたいなものです。でも、伝えておきます」

「……わかりました」

Ｅ２は私のことなど認識していないだろう。ケアテイカーは五名存在し、全て異なる天才の遺伝子から生み出された失敗ＡＨであった。いずれも出来損ないの名にふさわしく、愛想も才能もないものばかりだったが、私は中でも最も不出来なもので、唯一の取り柄がケアテイカー日誌を書くことであった。他の四体の元ケアテイカーは、既にどこか別の組織に引き取られている。運がよければ他のファームで引き続き働くこともできるだろう。しかし私にそのチャンスはなかった。

がらんとしてしまったファームを背に、私は小さくなってゆくハーミーズ氏の背中を見送った。

この日誌を見るものは既に存在しない。一カ月で私の寿命《じゅみょう》は尽きるようだ。体は動かない。末端部は壊死《えし》し始めている。私の体は既に肉体としての機能を失いつつある。

自分がどこにいるのかもわからない。この文章は携帯端末に音声入力しているが、誰に聞かせる予定があるわけでもない。おそらく誰にも聞かれずにこのデータは消えるだろう。

だが喋《しゃべ》らずにはいられない。

海のことばかりを考える。

私が二十年間仕えたファームのＡＨたちは、一体を除いておそらく既に消滅しているだろう。彼らには人間でいうところの『魂』があったのだろうか？　彼らには死後に赴く場所があるのだろうか？　死の概念を持ちだすのであれば、そもそも彼らは『生きていた』といえるのだろうか？　だとすれば『生きている』とは何なのだろうか？　自己の決定権を何一つ持たないまま、全てのことが嵐のように頭の上を過ぎ去ってゆく生物にも、『人生』というものはあるといえるのだろうか？

目が見えなくなってきた。

暗い。

怖い。

耳の奥からさざ波の音が聞こえてくる。

これはきっと私の血液が巡る音だろう。ＡＨに共通する黄金色の血液は、白い皮膚《ひふ》とまじり合うと、えもいわれぬ美しさであるそうで、ＡＨを射殺する機会を得た人間たちは、こぞって死骸《しがい》の記念写真を撮るそうだ。暗い。もう何も見えない。こわい。誰か子守歌を歌ってほしい。

私も海へ行くのだろうか？

そこには私と同じ顔をした仲間たちがいるのだろうか？

それともオルトンと呼ばれた博士の複製体たちがたくさんいて、私に少し多めにシチューをよそってくれるようにと、またこざかしいまばたきを送ってきたりするのだろうか？

どちらでもいい。私はそこへ行きたい。

だれかがいるところへいきたい。

ここはくらい。さむい。つらい。くるしい。

Ｅ２はどうしているのだろう。快適な所でおだやかに、何の苦労もなくくらしているのだろうか。Ｅ２に生きていてほしい。何故自分がそんなことを考えているのかわからない。

Ｅ２に生きていてほしい。私はここでおわるようだ。

海のおとがきこえる。

ジナイーダreprise

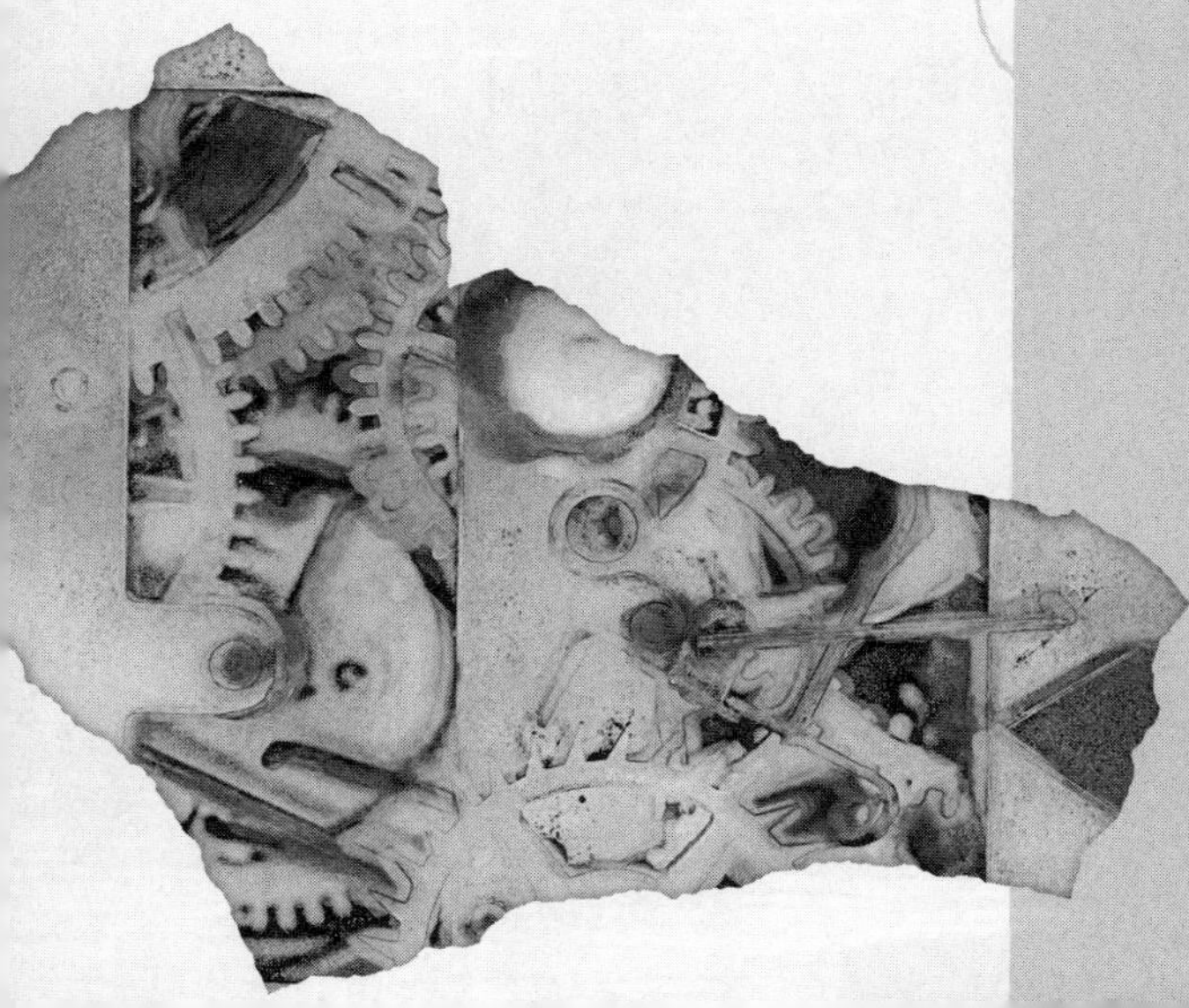

「来てくださって助かりましたよ。管理局にはもうずっとお世話になりっぱなしです」

「お力になれたのならば嬉《うれ》しく思います」

金髪のエンジニアは、あるかないかの微笑を浮かべて、依頼人に向き直った。修繕を頼まれた子ども型アンドロイドは、既《すで》に修復後の再起動のため、短いスリープモードに入っている。

キヴィタス第五十四階層、閑静《かんせい》な住宅街が広がる一画が、管理局調律部所属アンドロイド調律師であるエルの、今日の仕事場だ。ＭＣと呼ばれる『管理局何でも屋』の任に就いて以来、キヴィタス中を駆け回る日々が続いた三カ月だった。

「エルダーフラワーのソーダをどうぞ。飲みますか？　あ、人造人間さんなんでしたっけ。何か駄目な食べ物はありますか？」

「いえ……バイオ機能は人間と同じですので、飲食は可能ですし、苦手なものはありません。よろしければいただきます」

「はあい。そっちのアンドロイドくんは？」

「俺もバイオロイド機能搭載《とうさい》だ。もらうぜ」

「ワン、言葉遣いが悪い」

「『いただきます』」

「あらあら」

『楽園の守護者』とも呼ばれる、アンドロイドのプロフェッショナル管理局員は、公務員としては破格の権限を有する高給取りであり、職務中でもある程度のわがままは通ってしまう立場だったが、エルはいつも控え目で、一部の先輩局員たちのような高圧的な対応は苦手だった。そもそもがファームで育成された従人間である。一般的な人間がどのような行動をとるのか、日々勉強中である。わがまま以前の問題だった。

そのかわり。

「でも面白いのね。アシスタントのアンドロイドさんを連れた局員さんなんて初めて見たわ」

「このポンコツ博士は例外なのさ。調律の腕は超一級だが、およそ一般常識ってやつに欠けてる。冷蔵庫の扉と自動ドアの区別がつかなかったりするんだよ。そこでこの常識的かつ頭脳明晰《めいせき》で容姿端麗《たんれい》な汎用《はんよう》アンドロイド、ワン先生の出番ってわけだ。こちらの博士さまの苦手な分野をカバーすべく、俺たちは二人一組で調律作業に臨んでるわけさ。まあどっちも狭義の『人間』じゃねーけど」

「ワン」

「へいへい。『ありませんけど』」

「あはは。気にしなくていいのよ。うちは伝統的に、アンドロイドとはお友達感覚でやりとりしちゃう家だから、そういうの全然気にならないの。ああ、失礼なことを言っていたらごめんなさいね」

家の壁がぱかりと開き、エルダーフラワーのソーダが二杯差し出された。ありがとう家妖精、と告げる女性に、エルはなごやかな優しさを見た。壁が開くギミックも、回転する家も、一昔前の流行ではあったが、それを保存しつつ、無下な改築で潰そうとはしないところに、調律師は真心のようなものを感じた。真心とは何なのか、エルにはまだよくわからなかったが、他に何と言ったらいいのか、ファームの外に出てきて一年たらずの人造人間は知らなかった。

インターフォンが鳴り、女性は玄関に来客を迎えに行った。隣人がおしゃべりにやってきたという。

取り残された調律師とアシスタントは、それぞれの飲み物を一口飲むと、視線を交わし、ふっと笑った。

「よかったな。出先で俺のこと説教するたび、お前は家で『すまなかった』って無駄に謝りどおしになるだろ。今回はあの手間が省ける」

「……外聞というものがある。調律師が個性的すぎるアンドロイドを連れているのは、若干《じゃっかん》、評判が悪いと、調律部の先輩に叱られてしまった」

「どこの先輩だか知らないが、あの天パの上司の言うことだけ聞いときゃいいじゃねーか。『エルくんを助けてくれる限り何をしてもいい』って、あいつ俺に言ってくれたんだぜ。一流の調律師たるものアンドロイドの一体や二体、おおらかに放任、放任」

「私は君以外のアンドロイドをほしいと思ったことはないよ」

「……だからそういうのは小出しにしろって言ってるのに」

「？」

「何でもねーよ」

アンドロイドのワンは、銀色の髪をさらりとかきあげた。エルがまだ調律師の卵ですらなかった頃、夜の町で偶然出会ってしまったアンドロイドは、少女のようにきゃしゃな体と、銀の髪と紫の瞳の持ち主だった。破天荒な情動領域をもつ野良アンドロイドは、もろもろを経《へ》てエルの所有するアンドロイドになったものの、エルを主人と敬《うやま》うような態度はとらなかった。出会った時と同じように、同じ目線から、ぶっきらぼうで諧謔《かいぎゃく》のきいた言葉を投げかけるのみである。ファーストインプレッションはどうだった？　と、上目遣いにあやしく尋《たず》ねるワンに、「顔は好みだった」と返答したエルは、何故《なぜ》か爆笑され、多少の気まずさを味わった。

今もまだ、理解できない部分が多いものの、一人暮らしには広すぎる家のルームメイトであり、今やアシスタントでもあるアンドロイドを、エルは重宝していたし、尊《とうと》いとも思っていた。だがその気持ちを正直に伝えすぎると、アンドロイドは何故かそっぽを向いてしまう。

コミュニケーションとはおそらく無限に改善の余地のあるプログラムなのだろうと思っているうち、ワンは仕事先の家のパネルをいじり、何かを見つけたようだった。

「エル！　なあおい、面白い部屋があるぜ。『サンルーム』だってよ。この都市のどこに『太陽《サン》』があるんだって話だろ。入ってみようぜ」

「ワン、勝手に触っては……」

「お、動いた」

「ワン！」

ゴトンという作動音を立てて、二人の通されたダイニングの隣に、別の部屋が接続された。自動的に扉が開く。

俊敏な猫のように、アンドロイドは扉の向こうに身を躍《おど》らせ、調律師もあとを追った。

部屋の中に踏み込んだ瞬間、エルは腕で顔を覆《おお》っていた。まぶしかった。

「……ここは」

部屋の中は植物園になっていた。足元にも壁にも天井にも、植物の影がうねっている。ガラス張りの天井からは、太陽光に限りなく近い人工照明が降り注いでいた。既に滅びてしまった『南国』をイメージさせるおおぶりのシダ植物、果物を実らせる樹木、その隙間《すきま》を流れる人工の小川、小さな植木鉢の中で息づく小さな花。岩に張り付いた苔《こけ》たち。天井から垂れ下がる、藤《ふじ》の花房。

部屋の中央には、白く輝く大きな椅子《いす》の姿があった。

「………すごいところに入っちまったな。入場料を請求されたらどうする？」

「払うしかないだろう。しかし、これは……何と言ったらいいのか」

「植物のプロのお部屋って感じだな。農場でもないのにここまでやってる人間は珍しいんじゃないか」

「あら、そこにいらしたの？」

背後から朗《ほが》らかな女性の声を受けて、アンドロイドと調律師は揃《そろ》ってびくりとした。エプロン姿の女性は何を気にする様子もなく、サンルームに入ってきた。

「お構いできなくてごめんなさいね」

「勝手に立ち入ってしまい、誠に申し訳ございませんでした……」

「いいのよそんな、何でも好きに見ていって。たまには自慢する人がいたほうが嬉しいし」

含み笑いする女性に、サンルームとは一体どういう部屋なのかとアンドロイドが尋ねた。女性は部屋を見回し、懐かしいものを眺めるように語り始めた。

「ここはおじいちゃんの部屋よ。といっても、私の夫の祖父だから、義理のおじいさんだけどね。本当の家族以上によくしてくれた人だから、ついおじいちゃんって呼んじゃうの。夫のアンドレイは今でもここに来ると、『おじいちゃんとジナイーダがいる気がする』って言うわ」

「ジナイーダ？」

「アンドロイドよ。まだそこにいるわ。ねえジナイーダ」

『……今、お昼寝してるカラ、起こさないデー』

唐突に、白い椅子から女性の声がした。調子はずれで能天気な若い声である。

調律師とアンドロイドは、揃って白い椅子を凝視し、また揃って女性を振り向いた。女性はエプロンで手を拭きながら笑っていた。

「その子よ。最近は一日の三分の二くらいはお昼寝タイムだから、お話ができるのは珍しいくらいなんだけどね」

『カレンちゃん？　もうネ、邪魔しないでちょうダイ。絵本を読んでくれるならいいケド』

「お客さまがお見えなのよ。絵本はまた今度でいいでしょ」

『エー。ジナイーダ、つまんナーイ。なーんてネ。ジナイーダは聞き分けのよいアンドロイドなので、無茶は言わないのデシタ。エライネー』

「ほんとねえ」

女性が請け合うと、白い椅子は嬉しそうな声でハミングした。

エルは椅子の周りをぐるりと一周し、床面付近の基盤部分や、後付けされたと思《おぼ》しき小さなパーツを確認し、目を見開いた。

「こちらは、家管理ＡＩや、家具ロボットではありませんね。失礼ですが、もともとこの機械は、市民健康省の旧型安楽椅子だったのでは？」

「あらまあ。すごいわね。ここに来た人は他にも何人もいたけれど、ずばり言い当てたのはあなたが初めてよ」

「『安楽椅子』？」

「アンドロイドくんは知らないのね。これは人間が楽に死ぬための椅子なの。この寝椅子に横たわると、特別な薬液が体に入ってきて、寝ている間に簡単に死ねるの。一昔前に流行したそうよ」

今はもっと簡単な方法がたくさんあるんでしょうけど、と女性は早口に付け加え、少し寂しそうに笑った。

「この椅子はおじいちゃんが市民健康省に請求したものなんだけど、結局使うのはやめてしまって、そのあとはこのサンルームのオブジェになってるの。座り心地は抜群よ。もう死ぬほど」

「……今の言葉は笑っていいところなのでしょうか？」

「質問する前に笑っとけポンコツ博士」

「あはは。大丈夫よ、座っても死なないから安心して。ジナイーダ、ご挨拶《あいさつ》は？」

『ウー、眠いからあとデー』

「もう」

女性は苦笑しながら、安楽椅子のジナイーダの紹介を始めた。

手違いのようなトラブルから、家に転がりこむことになったアンドロイドは、暗く沈んでいたライトショー家にとって手のかかる太陽のような存在になり、『おじいちゃん』ことオレンサル氏や、その孫からも愛された。

しかしもともとがジャンク品であったため、ジナイーダはそれほど長持ちしなかった。ライトショー家にやってくる前に、彼女を酷使《こくし》したのであろう持ち主が残した、ボディの損傷が著《いちじる》しかったのである。大概のアンドロイドにとって、ボディパーツの寿命《じゅみょう》はそのまま個体の寿命になる。これまでかと思われた時、オレンサル氏は管理局のエンジニアに大枚をはたいた。

その相手が、エルとワンの上司こと、ハビ・アンブロシア・ハーミーズだった。

「あの天パが？　あいつ、電話してクッキー食べる以外にも仕事してたんだな」

「私はよく知らないけれど、彼に会えた時おじいちゃんは嬉しそうな顔をしてたわ。『君は年を取らないな』って言ってね。今どきそんなの当たり前なのに。まあ『仕事熱心だな』くらいの意味でしょうね」

「それで、ハビ主任が……この改造を？」

「そうよ。この椅子とジナイーダの合体を思いついたのは彼だったんですって。もともと人間が寝そべるサイズだし、中身は遺体を収容するためにスカスカになってるから、こんなにリソースをつぎ込みやすい素体はないって言ってたわ。でも、違法すれすれらしいから、大きな声では言えないけど」

エルとワンは再び顔を見合わせた。人型をもとにして形作られたアンドロイドに、人以外の形を与えることは、れっきとしたアンドロイド運用ガイドライン違反である。ただしガイドラインには法的拘束力《こうそくりょく》がないため、違反したところで取り締まる方法はないのだったが。

取り締まる側が率先して違反をしていたら世話はない、と言わんばかりのアシスタントを背中に回し、調律師はわざとらしいほど大きく頷《うなず》き、場を取り繕《つくろ》った。

「そうだったのですね。それは知りませんでした。それで、その、ジナイーダさんが…………椅子に」

「そう。ふかふかの椅子になったの。ねー、ジナイーダ」

『寝てるから知らナーイ』

女性は笑い、笑ったあと、少し寂しそうな顔で呟《つぶや》いた。

「……ジナイーダはもともと、耐用年数が過ぎた状態で家にやってきたの。別の人間型のボディに移し替えることは不可能だろうって、ハビさんがね。それでも『延命』するかどうか、おじいちゃんもすごく悩んでいたみたいだったけれど、ジナイーダ本人が『どんな姿になってもいいから、この家にいたい』って言ってくれたの。家族もみんな最初は戸惑ったけど、でも慣れてくると『ああジナイーダだ』って、思えるものよ」

「そんなもんかねえ。人型の俺にはピンとこないけど」

そうかもねとワンに笑ったあと、女性は少し遠くを見るような目をした。

「ジナイーダは、もうこの姿になってから何年も経《た》つから、いつお昼寝から目覚めなくなってもおかしくないはずよ。そのことは家族全員承知してはいるの。時々ハビさんにメンテナンスをしてもらっているけれど、もう限界だろうって。でも、できるだけ彼女と一緒にいたいの」

「ちなみに今、その『おじいちゃん』って人は？」

「ジナイーダが椅子になった直後に亡くなったわ。バックアップはとらなかったから、彼とはもうお話できないの」

ティーンエイジャーの外見をしたアンドロイドは、へえ、と短く告げ、哀悼《あいとう》の意を示すようにこくりと頭《こうべ》を垂れた。エルも慌《あわ》てて同じ素振りをすると、再び部屋の中に朗らかな女性の声が響いた。

『おじいちゃん、ここにいますヨ。ジナイーダと一緒にいるの。ネー』

「あらあら、そうなの。おじいちゃんのご機嫌はいかが？」

『新聞が読みたいッテー。でもジナイーダ、新聞は読んであげられないカラ、おじいちゃんつまんないって言ってるネ』

解せないという顔をするエルの前で、女性は楽しそうに笑った。

「不思議でしょ。椅子になったジナイーダには、おじいちゃんが見えるんですって」

「……つまり、どういうことなのでしょう」

「おじいちゃんって人が死んだのは、その子が椅子になったあとなんだろ。死を理解してないだけじゃないのか」

「ワン」

窘《たしな》める声に、アンドロイドは肩をすくめた。女性は微《かす》かに首をかしげながら、唇に微笑を浮かべた。

「さあねえ、私たち家族はアンドロイドの専門家じゃないから、そういう難しいことはよくわからないの。でもジナイーダにはおじいちゃんがわかって、私たちにおじいちゃんの様子を伝えてくれるの。おじいちゃんは新聞を読みたがっていたり、アンドレイとおしゃべりしたがったり、植物の様子を心配していたりして、私たちは彼女からその様子を聞かせてもらうのが好き。その現象がどういう意味を持つのかはわからないけど、とにかく好きなの。それだけは確かよ」

白い椅子はハミングを始めた。時々調子の外れる童謡で、光溢《あふ》れるサンルームは、子どもの遊び場のような雰囲気になった。

　支柱から壁に間違ってつるを伸ばしてしまった植物を、指先で巻き取り、正しい位置に戻してやると、女性は調律師とアンドロイドに微笑《ほほえ》みかけた。

「今日はジナイーダのご機嫌がすごくいいみたい。よかったら待っている間、椅子に座ってあげて。ジナイーダはマッサージをしてあげるのが好きなの。大きな椅子だから、二人一緒に座れるんじゃないかしら」

　私は外でおしゃべりしているから、と言い置いて、女性は再び部屋を出ていった。

　あたたかな光で溢れた、限りなく静かな植物園の中で、アンドロイドのワンは飛び跳ねるように椅子に向かった。大きな白い卵のような形状の椅子は、触れられた部分がほわんとたわみ、寝椅子の形状へと変化する。

「おっ、すごいぜ。旧型にしては便利なもんだな」

　変形が終わるのを待ち、ワンは深々と椅子に寝転がり、白い素体を撫《な》でさすった。

「麗《うるわ》しのマドモワゼル・ジナイーダ、どうしたんだい。マッサージしてくれないのか？」

『ンー……ちょっとネー。あなた軽薄すぎて、ジナイーダの好みじゃナクてェ……』

「なんだとぉ」

『ジョーダンよ。ほんとは眠いノ。自由に座ってテいいケド静かにネ。うるさいのはイヤだから』

「椅子の分際で何て注文の多さだ」

『椅子とアンドロイドのドッチが上か比べるなんて、りんごとバケツを比べるようなものヨ！　意味ナイネ。それにもう寝てるから聞こえないヨー』

「聞いてるじゃねーか！　こいつ」

ワンは駄々っ子のように体を揺さぶり、二枚の手のひらで軽く椅子をはたいたが、今度こそジナイーダの返答はなかった。

三人はゆうに腰かけられそうな寝椅子に、調律師もそっと手を置き、ワンの隣に寝そべった。

視界に広がるのは、さまざまなグリーンの植物と、藤の花の紫、そして白い壁と光だった。

「……いいところだね、ワン」

「ああ、小生意気なソファがいなきゃ最高だな」

「『小生意気』という言葉には聞き覚えがないな。どのような意味だろう」

「『しゃくにさわって生意気』ってことさ」

「ああ、つまり今の君の態度のような状態をさす言葉なのだね」

「どいつもこいつも喧嘩《けんか》を売りやがって。俺は寝る、もう寝るからな」

「おやすみ」

アンドロイドは寝返りをうってふてくされ、調律師は静かに胸の上で手を組んだ。

もしかしたらそう遠くない昔に、こうやって浮世を離れていった人間がいたのかもしれないと。

静かな植物園の中で、エルは目を開けたまま空想した。

時間はただ、静かに過ぎていった。

「エル、生きてるよな」

「もちろんだ。安楽椅子としての機能はないと聞いただろう」

「確認だ、確認」

アンドロイドは再び寝返りをうち、体ごと調律師に向き合った。

「……なあエル」

「何だい」

「この椅子のねーちゃんに、ガタが来るとするだろ。あの天パの主任が、こいつの体を人間から椅子に切り替えた要領で、もう一度別の体に移し替えることは」

「不可能だよ。主任が行ったのは、ジナイーダの情動領域を一般的なボディパーツから切り離し、管制システムの稼働コストを極限まで切り下げるという禁じ手だ。本当に最後の手段だったのだろう」

「悪いが言ってることがわからん」

「脳だけになって生きる人間を想像すればいい。手足を動かす必要がないぶんだけ、頭が疲れにくくなる。だが二度目のコストダウンに足る部品は、もう残されていない。そして脳にも寿命はあるものだ」

もちろん情動領域にも、とエルは告げた。

静かな植物園の中で、調律師とアンドロイドは沈黙を味わっていた。キヴィタス最上階層にある二人のレジデンスにも、もちろん静かな空間は存在したが、この植物園は完全に外界から隔絶され、浮遊車のエンジン音の欠片《かけら》すら入り込む余地がない。

過剰な沈黙を追い払うように、アンドロイドは口を開いた。

「しかし、こういうのは新鮮だな。管理局MCなんて、アンドロイドなんて使い捨てだって思ってる人間どもの相手ばっかりさせられる仕事だと思ってたのに」

「いつもこんな家ばかりならいいのにと、心から思ったよ」

「そりゃあさすがに無理ってもんだろ」

「わかっている」

藤の花の一つ一つに目を凝《こ》らしながら、エルはそっと言葉を紡《つむ》いだ。

「……どのくらいになるだろうか」

「何が？」

「君と出会ってから過ごした歳月だ」

「さあな。端末のカレンダーに記録でもつけておけよ」

「そうすればよかった。君という相棒を得てから、私の生活は豊かに色づき、芽吹きのような時期を迎えている」

「ほんとに寂しいやつだったんだなあ」

「自分でもそう思う」

「………今のは悪かった。俺が悪かったよ」

「ちっとも悪くなどないさ。ファームを卒業して以来、私は本当に孤独だった。もちろん私たちは……私と同じファームで育った仲間たちは、みんな同じ顔をして、同じ環境で育って、同じ日々を過ごしていたから、一人でいても一人ではないと感じることもある。だが………うん。寂しいという気持ちは、いつもどこかにあったように思う」

「ワン」

　耳に痛いほどの静寂を、少しずつ切り崩してゆくように、調律師は喋《しゃべ》り続けた。

「んー」

「もう少し話をさせてほしい」

「好きなだけ喋れよ。ワン先生は聞き上手だ」

「ありがとう」

少しだけ間を置いてから、調律師は天井に向かって話し始めた。アンドロイドは調律師を見ていた。

「自分でもわかっていることではあるのだが、私は感情表現というものがとても不得手だ。そのせいで他人を傷つけたこともある。だが、不得手だとしても、挑戦してみないことには、上達も望めない。いつかは果敢にチャレンジする必要がある分野だろう」

「手短に言えよ」

「試してもいいだろうか」

「ん？」

「君で」

「おう」

「感情の表現、もっと言うなら、好意の表現を」

アンドロイドのワンは一度、ぎゅっと顔中のパーツを中央に集めるような、摩訶《まか》不思議という表情を浮かべてみせた。しかしいつでも生真面目《きまじめ》なエルに、全《まった》くもってふざける素振りがないことを理解すると、小さく嘆息し、すらりとした両腕を頭の下で組んだ。

「いいぜ、ダーリン。出先でいちゃつくなんてスリリングで最高だ。さっきの人が帰ってくる前に、やれることは全部やっちまおう」

「やれることは全部？　ワン、私は寡聞《かぶん》にして知らなかったのだが、好意の表現には何かリストのようなものがあるのだろうか」

「今重要なのはそんなことじゃないだろ。ほら、どうした。待ってるんだぞ、好きにしてくれ。家で俺をほったらかしにして爆睡してるぶんもたっぷり構ってくれよ」

「……いささか過激かもしれない」

「俺が昔どんなことをしてたのか知らないわけじゃないだろ」

「そんなことは私の君への感情には関係がないよ」

「怒ったな。そういうとこ好きだぜ」

アンドロイドにいたずらっぽい眼差《まなざ》しを向けられると、調律師は戸惑った。

「私は今、怒ったのだろうか？　……本当に不思議だ。君といるといろいろな感情が溢れてくる。きっと君が感情豊かなアンドロイドだからだろう」

「感情なんてもんはな、ひとりでにポッと出てくるもんじゃねーんだよ。情動領域をつくったナントカって博士なら小難しい説明をぶってくださるかもしれないが、俺はそんなことは知らん。ただわかるのは、俺とお前がここにいるってことだ。それだけだ。それだけで何かが生まれてくるのさ。そういうもんだ」

「…………」

アンドロイドの言葉を嚙《か》みしめるように、調律師はしばらく沈黙していた。あまりにも静寂が続き、アンドロイドは小さく鼻を鳴らした。

「まだか。俺からしてやろうか？」

「それでは私の修練にならない。では、ゆくよ」

「おう」

調律師は意を決した表情で、アンドロイドに手を伸ばし、ぎくしゃくとした動きで両脇の下に腕を差し伸べ、旧式のクレーンアームのような仕草で背中を抱いた。その間アンドロイドは目を閉じ、なされるがままになっていたが、時折笑わないように顔に力を込めていた。

悪霊の調伏に力を注ぐ祈禱師《きとうし》のように、調律師は全身をわななかせながらも、一分ほどかけて、ようやくアンドロイドを抱きしめることに成功した。

そして唐突に、声をあげた。

「あー！」

「……あ？」

「おー！」

「……ん？」

「あー！　おー！」

「……は……？」

「ふう。以上をもって好意の表現とする。付き合ってくれてありがとう、ワン。一度でいいから君とこうしてみたかった」

そう告げると、調律師は恥ずかしそうにアンドロイドから距離を置き、もじもじと髪を直した。

銀髪のアンドロイドは、何とも言えない左右非対称な表情を浮かべたあと、鼻の穴を膨らませて叫んだ。

「……わからん！　説明しろ！　説明！」

「説明？　それは、そんな、恥ずかしいよ」

「説明じゃなければ解説だ！　解説がないと今の俺には何もかもがわからないって言ってるんだよ。この天才ポンコツが！　恥ずかしがる前に説明をしろ、説明を」

目の前に差し出された食事が実はホログラフィだと判明したような、肩透かしの顔をするアンドロイドの前で、調律師はただただ困惑していた。アンドロイドがそれに気づくまでには少し時間がかかり、その頃には調律師は、沈んだ顔にあるかないかの笑みを浮かべていた。

「……………君がとても好きだと伝えたかったんだ。すまない」

「謝ることじゃねーよ。ただちょっと……何て言ったもんか。どこのどいつに吹き込まれたんだ？　そのトンチキな表現は」

「うまく説明できる気がしない。やはり人間にもアンドロイドにも、ああいう表現は存在しなかったのだね。人造人間の不思議な習慣だと思ってくれ。不愉快な気分にさせてしまっただろうか」

アンドロイドは唇を引き結び、一度きつく唇を嚙みしめたあと、俺もやきがまわったもんだと早口に呟いた。やき？　という調律師の素朴《そぼく》な疑問は無視した。

そしてアンドロイドは調律師に腕を伸ばした。

とまどう体を両腕で抱き寄せ、背中に腕を回し。

耳元に唇を寄せ、アンドロイドは囁《ささや》いた。

「あー」

「……ワン？」

「あんまり大きい声は出さないぜ。マドモワゼルを起こしちまうといけないからな。おー。あー、おー」

「……あー」

「おー」

「あー。おー」

「おー。あー」

抱き合った二つの体は「あー」と「おー」の声で応酬《おうしゅう》し、やまびこのような歌が終わると、アンドロイドはにやりと笑った。

「さっきは当たり散らしちまって悪かったよ。面喰《く》らっただけだ。世情に長《た》けた博覧強記のワン先生でも、今のお作法は初体験だったが、気持ちいいもんだな。すっきりしたよ」

「……気持ちが悪かったのでは？」

「どこがだよ。可愛《かわい》かったぜ」

アンドロイドにとんと顎《あご》を小突かれ、調律師はうつむいた。

「…………実を言うと、私は初めてだった」

「お前の昔の仲間は、みんなこれをやってたのか？」

アンドロイドの質問に、エルは少し考えてから首をかしげた。

「それはどうだろう。相手が見つかったら、それはみんな抱き合っただろう。だがそんな幸運に恵まれた仲間ばかりではなかった。誰とでもするようなことではないんだ。自分の全てを分け与えてもいいと思えるくらいの相手でなければ、こんなことはしないよ」

「重大なことだったんだな」

「……私にはそう思えた。だが、あの場所を一歩出てしまえば、つまらないことだったのかもしれない……ワン、すまなか」

アンドロイドはにこりと笑い、調律師の唇にひとさし指を当て、言葉を遮《さえぎ》った。

「だから謝るなって。じゃ、俺はお前の半分を分けてもらったってわけだ」

「……半分ではなく、全てだよ」

「天才のくせに頭が働いてねーぞ。一緒に抱き合ってるんだから、俺の半分もお前に分け与えたわけだろ。半分の半分で、ええいややこしい、ともかく半分はもとに戻るわけだろう」

「その理屈だと、まじりあった内容物は均一になってしまう」

「また難しくなってきた。それ以上のことは俺にはわからん。もう一回するか？」

「いい。もう、いいよ。恥ずかしいから、今はこれでいい」

「恥ずかしがってるお前の顔ってぐっとくるな。もっとよく見せろよ」

「面白がっているだろう」

「当たり前だろ。こっち向けよ」

「いやだ」

「向けって」

アンドロイドはそっぽを向いた調律師の肩を引いた。強情に抵抗されても諦《あきら》めなかった。何度目かで力を込めて、ぐいと引き、とうとう顔を見た時。

アンドロイドは目を見開いた。

「どうした」

調律師は泣いていた。ヘイゼルの瞳から白い頬に、輝く涙が伝っている。

「……私の全ての仲間たちに、君のような相手と出会う体験があったなら、どんなによかっただろうと考えていた。すまない。私は時々、己が分不相応に幸福であると思ってしまう。事実そうであるのだが、だからといって私にはどうすることもできない。いなくなってしまった仲間たちを呼び戻すこともできない」

泣いていることに今気づいたように、調律師は慌てて目元をぬぐった。

「取り乱してしまった。栄えある管理局の一員として恥ずかしい」

銀髪のアンドロイドは、少し生意気に、その十倍ほど優しげに鼻を鳴らした。

「どうすることもできない、ね。できるじゃねーか」

「？」

少し乱暴に、アンドロイドは己の胸を叩いた。

「俺がいるだろ。お前が、俺がいるだろ。自分でいうのもなんだが、俺はかなり、かなりかなりかなりハンサムでスマートなアンドロイドだからな。お前の仲間全員分、今ここで抱いてやる」

「……どうやって？」

「ここでお前が思い出話でもしてくれたらいい。どうせ顔はみんな同じだったんだろ？　死んだ人間も壊れたアンドロイドも、もとには戻らないけどよ、時々思い出すことはできるはずだぜ。そういうことには意味がある。何しろ人間にもアンドロイドにも、『思い出す』機能は備わってるんだからな」

無意味な機能なら実装されるはずがない、とワンは笑ってしめくくった。

エルはしばらく呆然《ぼうぜん》としたあと、ああ、と小さくため息をついた。

「…………アランが言っていた『一人がみんな、みんなが一人』とは、そういうことか」

「アラン？　男がいたのか。いやお前たちには性別はないんだもんな。くそ、嫉妬《しっと》するのもややこしい」

「よくわからないが、ＡＢＣ順にゆくよ。私の昔の名前はＥ２で、旧友たちが五十二人いた」

「お前と合わせて五十三人か。語ってる途中にさっきのおねえさんが戻ってくるほうに、冷蔵庫のタルティーヌ・ショコラを全部賭《か》けるぜ」

「……では仕事が終わったあと、私たちの家でやろう」

「了解だ。今はどうする？」

「少し休憩しよう。今日はこのあと、依頼が三件も入っている」

「眠れるうちに眠っとけってことだな」

　金髪と銀髪の一対は、偽《いつわ》りの陽光の差すサンルームで、再び芋虫《いもむし》のように身を寄せ合い、目を閉じた。

　穏やかな寝息の響いているサンルームに、家主の女性が戻ってくると、白い椅子はぴこぴこと面白がるような電子音をたてた。笑っているようだった。

「どうしたの、ジナイーダ。ご機嫌じゃないの」

『幸せなヒトたちを見ると、お隣さんとしては、気分がイーネー。オーレンもそう言ってる。もうちょっと寝かせておいてあげたラ？』

「そうねえ、じゃあ家妖精にお目覚めのお茶をいれてもらう間、もう少しゆっくりしていてもらいましょうか」

『ハーイ』

植物園の真ん中の、白く輝く椅子の上で、人造人間とアンドロイドは、互いの手を握り合って眠っていた。

※この作品はフィクションです。実在の人物・団体・事件などにはいっさい関係ありません。

集英社オレンジ文庫をお買い上げいただき、ありがとうございます。
ご意見・ご感想をお待ちしております。

● あて先
〒101-8050　東京都千代田区一ツ橋2-5-10
集英社オレンジ文庫編集部 気付
辻村七子先生

あいのかたち

マグナ・キヴィタス

集英社 オレンジ文庫

2021年5月25日　第1刷発行

著　者　辻村七子
発行者　北畠輝幸
発行所　株式会社集英社
〒101-8050東京都千代田区一ツ橋2-5-10
電話【編集部】03-3230-6352
【読者係】03-3230-6080
【販売部】03-3230-6393（書店専用）
印刷所　凸版印刷株式会社

造本には十分注意しておりますが、乱丁・落丁(本のページ順序の間違いや抜け落ち)の場合はお取り替え致します。購入された書店名を明記して小社読者係宛にお送り下さい。送料は小社負担でお取り替え致します。但し、古書店で購入したものについてはお取り替え出来ません。なお、本書の一部あるいは全部を無断で複写複製することは、法律で認められた場合を除き、著作権の侵害となります。また、業者など、読者本人以外による本書のデジタル化は、いかなる場合でも一切認められませんのでご注意下さい。

©NANAKO TSUJIMURA 2021　Printed in Japan

ISBN 978-4-08-680381-6 C0193

集英社オレンジ文庫

辻村七子

マグナ・キヴィタス
人形博士と機械少年

人工海洋都市『キヴィタス』の最上階。
アンドロイド管理局に配属された
天才博士は、美しき野良アンドロイドと
運命的な出会いを果たす…。

好評発売中

【電子書籍版も配信中　詳しくはこちら→http://ebooks.shueisha.co.jp/orange/】

集英社オレンジ文庫

辻村七子

忘れじのK
半吸血鬼《ダンピール》は闇を食《は》む

バチカンの下部組織に属し、闇の世界と
関わる仕事に就いていた友人が
意識不明の状態という報せを受け、
ガブリエーレはフィレンツェへ向かった。
詳しい事情を知る日本人と接触するが…？

好評発売中

【電子書籍版も配信中　詳しくはこちら→http://ebooks.shueisha.co.jp/orange/】

集英社オレンジ文庫

辻村七子
宝石商リチャード氏の謎鑑定
（シリーズ）

①宝石商リチャード氏の謎鑑定
大学生の正義は、美貌の宝石商リチャードの店でバイトすることに…。

②エメラルドは踊る
死んだバレリーナの呪いがかかったというネックレスの真実とは!?

③天使のアクアマリン
オークションへ代理出席。そこにリチャードの過去を知る男が…！

④導きのラピスラズリ
突然姿を消したリチャードを追って、正義は一路イギリスへ向かう…。

⑤祝福のペリドット
就職活動に苦戦する正義の迷走がリチャードに感動の再会をもたらす!?

⑥転生のタンザナイト
実父が現れ、密かに店を辞める決意をする正義。その時リチャードは!?

⑦紅宝石《ルビー》の女王と裏切りの海
突然届いた一通のメールが、正義を豪華客船クルーズへ導く――！

⑧夏の庭と黄金《ドール》の愛
正義に会いたいというリチャードの母のために、2人は南仏へ…。

⑨邂逅の珊瑚《サーンウー》
スリランカ、日本、香港――各地を飛び回った正義が得た答えとは。

⑩久遠の琥珀
妨害の目的、加担の謎…それぞれの思いの行方が導く未来へ…！

好評発売中
【電子書籍版も配信中　詳しくはこちら→http://ebooks.shueisha.co.jp/orange/】

集英社

辻村七子

イラスト／雪広うたこ

A５判ソフト単行本

宝石商リチャード氏の謎鑑定
公式ファンブック
エトランジェの宝石箱《ジュエリー・ボックス》

ブログや購入者特典のSS全収録ほか、
描きおろしピンナップや初期設定画、
質問コーナーなどをたっぷり収録した
読みどころ＆見どころ満載の一冊!

好評発売中

【電子書籍版も配信中　詳しくはこちら→http://ebooks.shueisha.co.jp/orange/】

集英社オレンジ文庫

辻村七子

螺旋時空のラビリンス

時間遡行機《タイムマシン》が実用化された近未来。
過去から美術品を盗み出す泥棒のルフは
至宝を盗み19世紀パリへ逃げた幼馴染みの
少女を連れ戻す任務を受けた。彼女は
高級娼婦“椿姫”マリーになりすましていたが、
不治の病に侵されていて…!?

好評発売中

【電子書籍版も配信中　詳しくはこちら→http://ebooks.shueisha.co.jp/orange/】

集英社オレンジ文庫

久賀理世

王女の遺言 2

ガーランド王国秘話

人買いに攫われ、娼館へ売り飛ばされた
王女アレクシア。一方、公爵家に
雇われた女優のディアナは、命がけで
「王女」の身代わりをすることに……!?

――――〈王女の遺言〉シリーズ既刊・好評発売中――――

王女の遺言 1 ガーランド王国秘話

コバルト文庫　オレンジ文庫

「ノベル大賞」

募集中！

小説の書き手を目指す方を、募集します！

幅広く楽しめるエンターテインメント作品であれば、どんなジャンルでもＯＫ！

恋愛、ファンタジー、コメディ、ミステリ、ホラー、ＳＦ、etc……。

あなたが「面白い！」と思える作品をぶつけてください！

この賞で才能を開花させ、ベストセラー作家の仲間入りを目指してみませんか⁉

大賞入選作
正賞と副賞300万円

準大賞入選作
正賞と副賞100万円

佳作入選作
正賞と副賞50万円

【応募原稿枚数】

400字詰め縦書き原稿100～400枚。


【しめきり】

毎年1月10日（当日消印有効）

【応募資格】

男女・年齢・プロアマ問わず

【入選発表】

オレンジ文庫公式サイト、WebマガジンCobalt、および夏ごろ発売の文庫挟み込みチラシ紙上。入選後は文庫刊行確約!

（その際には、集英社の規定に基づき、印税をお支払いいたします）

【原稿宛先】
〒101-8050　東京都千代田区一ツ橋2-5-10
（株）集英社　コバルト編集部「ノベル大賞」係

※応募に関する詳しい要項およびWebからの応募は
公式サイト（orangebunko.shueisha.co.jp）をご覧ください。